D0285883
JUVENIL
ALFAGUARA

Los desmaravilladores
(10 cuentos de amor, humor y terror)

Elsa Bornemann

Ilustraciones de Diego Bianchi.

De esta edición:

ALFAGUARA

1991, Aguilar, Altea, Taurus, Alfaguara, S.A
Beazley 3860 (1437) Buenos Aires

ISBN: 950-511-117-7
Hecho el depósito que indica la Ley 11.723
Impreso en Argentina. Printed in Argentina.

Primera edición: abril de 1991
Séptima reimpresión: junio de 1994
Segunda edición: marzo de 1995
Quinta reimpresión: mayo 1998

Diseño de la colección:
José Crespo, Rosa Marín, Jesús Sanz

Una editorial del grupo **Santillana** que edita en:
España • Argentina • Bolivia • Brasil • Colombia
Costa Rica • Chile • Ecuador • El Salvador • EE.UU.
Guatemala • Honduras • México • Panamá • Paraguay
Perú • Portugal • Puerto Rico • República Dominicana
Uruguay • Venezuela.

INDICE

A mi inolvidable tío Tomás,
a quien sigo recordando como el muchacho
que era, desde que se me fue
con sus sueños fantásticos
y su alunado bandoneón a cuestas.
(Cuestas arriba, quiero decir...)

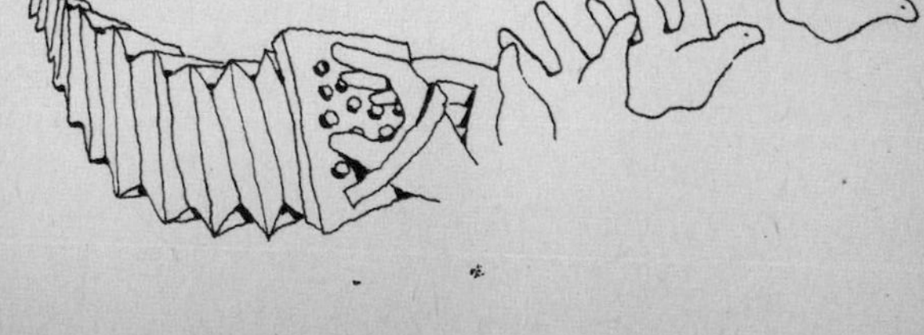

☆☆☆☆☆☆☆☆☆☆☆☆☆☆☆☆☆☆☆☆☆☆☆☆☆☆☆

Entrada libre

Te doy mi más afectuosa bienvenida a esta suerte de casa de papel que —ojalá— te encante visitar.

En sus diez imaginarias habitaciones entintadas te aguardan muy diferentes personajes, ansiosos por transmitirte sus historias de amor... de humor... de terror...

Estoy segura de que —todos ellos— van a intentar que te codees con emociones; que te zambullas en la diversión; que te quedes pensando —tal vez—; que te entretengas... ¡y —también— que se te pongan los pelos de punta: de tanto en tanto!

Al final de tu recorrido, te espera una pequeña sorpresa; la "yapa" podríamos decir.

Se trata de un breve poema —titulado "HOLA Y ADIOS"— que —a vuelo de pájaro— te cuenta cómo soy. También, servirá para despedirnos, hasta que volvamos a compartir algún otro libro.

En esos versos vas a reencontrarme —de alma y brazos abiertos— para que —con ellos — te acompañe a la salida hacia el exterior. ¿Te veo-veo allí, entonces?

E.B.

☆☆☆☆☆☆☆☆☆☆☆☆☆☆☆☆☆☆☆☆☆☆☆☆☆☆☆☆☆☆☆☆☆☆☆☆☆☆

El titiritero

Llegó por vez primera y única a nuestro barrio pocos días después de anunciar su espectáculo mediante carteles que nos sorprendieron una mañana, camino hacia la escuela. Estaban pegados sobre todas las paredes de la manzana en la que se levantaba el edificio del colegio, así que no hubo alumno de la vecindad que no los viera.

Todos nos sentimos —de inmediato— magnetizados por el misterioso hombrecito de larga capa negra y sombrero aludo que nos invitaba —desde los afiches— a asistir a su "GRAN FUNCION GRATIS GRAN —LOS TITERES DEL TERROR— ESTRENO MUNDIAL EL PROXIMO DOMINGO EN EL PARQUE DE LOS PATRICIOS — A LAS DIEZ, JUNTO A LA FONTANA, LOS ESPERA MISTER ADRENAL"

¡Con cuánta ansiedad esperamos aquel domingo!

Funciones de títeres veíamos con frecuencia y nos encantaban, pero nunca habíamos presenciado una "de terror"... ¡Vaya si ese Mister Adrenal sabía cómo despertar la atención infantil!

La mayoría de los chicos del barrio —que raramente aparecíamos por el parque antes de las once domingueras— estábamos allí desde muy temprano, aguardando el arribo del titiritero.

Cuando llegó —a las diez en punto— casi todo el niñerío de Patricios (y una multitud de adultos, tan interesados como los pequeños, aunque no lo confesaran...) se había dado cita junto a la enorme fuente.

Mister Adrenal llegó solo, como brotado por arte de magia de los arbustos que salpicaban —en su derredor— la casa del guardián del parque. Nos extrañó que no portara una valija siquiera, ni que se presentara acompañado por algún ayudante. —¡EL TEATRO DE TITERES ES MI PROPIA CAPA! —anunció —de repente— una vez que se aquietó el murmullo generalizado que había provocado su aparición.

Entonces se subió a un banco del parque, sacó sus dos brazos por entre las aberturas frontales de la capa e inició la función.

Creo que ninguno de los que fuimos sus espectadores —aquella mañana— ha vuelto a presenciar una obra tan terrorífica. Los dos únicos títeres que actuaron (llamados Martirio y Delirio) nos condujeron hacia increíbles zonas del horror. Los brazos derecho e izquierdo de Mister Adrenal parecían tener una vida propia y desesperante. Su capa se movía de aquí para allá —en su inquietante vuelo de seda— mientras Martirio y Delirio se iban asemejando —más y más, a cada instante— a verdaderas criaturas humanas. Dos pesadillas en miniatura, tan insoportablemente repulsivas eran. Y para qué describirlas, si tu imaginación —de seguro— ya las estará viendo tales cuales eran.

Sí. Así. Con *esos* ojos. Con *esas* bocas. Con *esas* diminutas manos inventadas para rozar lo espeluznante. Y también pronunciando *esas* palabras que sólo podían convocar el espanto.

Aunque estremecido de miedo, lo cierto era también que otra sensación conmovía al auditorio: la de percibir que estaba ante un extraordinario artista, frente a un titiritero excepcional y dos no menos excepcionales muñecos.

Comenzaba a llover a cántaros cuando Mister Adrenal dio por finalizada su obra, no sin antes anunciar que ofrecería una nueva y última función esa misma tarde, si las condiciones del tiempo lo permitían para las seis.

Hizo entonces unas volteretas y Martirio y Delirio agradecieron —con reverencias y aplausos de sus propios bracitos— la fuerte ovación que coronó sus actuaciones.

De inmediato, el titiritero volvió a introducirlos debajo de la brillante capa y se escabulló —presuroso— entre el gentío que comenzaba a retirarse del parque (también de prisa, para no mojarse demasiado).

A pesar del aguacero, mis amiguitos y yo decidimos que seguiríamos a Mister Adrenal antes de que se nos evaporara entre las aguas.

Queríamos conversar con él, averiguar de dónde venía, cuáles eran los secretos de su aterrador pero incomparable arte, hacerle —en fin— un montón de preguntas pero —por sobre todo— ver de cerca, bien de cerca a los dos horripilantes títeres. ¿Quién de nosotros se animaría a tocarlos? ¿Quién se atrevería a enguantárselos con la misma tranquilidad con la que manipuleábamos nuestros propios títeres, hechos en la escuela?

—Yo, ¡ni loca! —repetía Mechita, mientras correteábamos bajo la lluvia tratando de alcanzar a Mister Adrenal. —¡Se me erizan los pelos de sólo pensar en Martirio y Delirio! Puaj.

En cambio, Martín, Eugenio, Mariela y yo alardeábamos de lo lindo: cada uno aseguraba que iba a ser el primero en tomar a los títeres, en abrazarlos incluso. La silueta de Mister Adrenal se perdía ya en el interior de la casa del guardián cuando —con las lenguas afuera y empapados— los cinco chicos llegamos al jardincito que se abría frente a la vivienda.

—Ajá. Conque se está hospedando en este lugar —dijo Eugenio.

—Bajas todas las persianas... Raro, ¿no? —agregó Martín.

Mariela y yo nos acercamos —enton-

B I A N C H I

ces— a la puerta de entrada que —minutos antes— se había cerrado tras el ingreso del titiritero. De orejas pegadas a la gruesa madera con aldabón, tratamos de escuchar alguna voz, algún sonido que proviniera del interior de la casa, antes de llamar. Pero lo cierto es que no oíamos nada. Silencio más silencio que —como es obvio— nos desconcertó.

—¿Golpeamos o no? —cuchicheábamos indecisos. —¿Y si se acostó y se enoja? ¿Qué hacemos?

Fue entonces cuando Mariela —la más audaz de los cinco— pulsó suavemente el picaporte.

¡Qué sorpresa! La cerradura estaba sin llave y la puerta empezó a abrirse con lentitud, impulsada por el leve empujoncito de la mano de nuestra amiga.

Detrás de ella nos arracimamos los demás —entre temerosos y excitados— hasta que un empellón de Eugenio —que quiso hacerse el gracioso— nos arrojó a los otros cuatro hacia el interior de la casa.

Durante unos segundos que se me antojaron inacabables, vimos —entonces— lo que nunca debimos ver.

Aún me estremezco al recordarlo.

Sin su capa ni el sombrero, sentado junto a una mesa sobre la que temblaba la luz de una lámpara y de espaldas a la puerta, Mister Adrenal.

Tenía los codos apoyados sobre la tabla y se sostenía la cabeza con ambas manos cuando lanzó aquellos pavorosos alaridos, no bien advirtió nuestra presencia.

Al instante nos dimos cuenta del por qué de su actitud. Y fueron nuestros gritos de horror los que se mezclaron –como un relámpago– con los suyos y con los de otras dos bocas, antes de escapar –atropellándonos en desordenada huida– a través del parque.

Un largo rato después –y ya los cinco amigos reunidos en la tibia cocina de la casa de Mariela– intentamos contarle a sus padres lo que nos había pasado.

Tuvo que transcurrir otro largo rato para que pudiéramos hacerlo con cierta claridad, espantados como seguíamos por lo que habíamos visto.

De todos modos, no nos creyeron; como tampoco la familia de Martín, ni la de Mechita, ni la de Eugenio, ni la mía.

–Sugestionados están. Tremenda la impresión que les causaron esos títeres –nos dijeron los mayores. –Ese Mister Adrenal tiene un talento extraordinario, es un artista singular pero no le vamos a permitir que vuelva a actuar para los niños... Cálmense. Ya mismo vamos a ir hasta la casa del guardián para hablar con él.

Un pequeño grupo de padres se dirigió –entonces– hacia el parque, dispuesto a charlar con el titiritero.

–¡Ahora van a ver que no mentimos! –les repetíamos los chicos una y otra vez.

—¡Lo que les contamos es la pura verdad!

La lluvia continuaba volcándose con fuerza alrededor de las siete menos cuarto de la tarde, hora en que los adultos regresaron con el informe de que nadie había acudido a sus llamados en la casa del guardián y que la puerta estaba cerrada con candado, como era habitual cuando el viejo cuidador se alejaba de allí.

—Ni rastros de Mister Adrenal —nos dijeron. —Seguramente suspendió la función de las dieciocho y se marchó. También, con esta lluvia...

Inútil nuestra insistencia en reiterarles —entre lágrimas— el desdichado episodio que nos había tenido como testigos. No nos creyeron ni una palabra y —para colmo— nos aconsejaron que guardáramos el secreto de lo que ellos suponían "una alucinación colectiva", "una visión producto del pánico".

—Ya se les pasará el "chucho"... —nos decían. —Los demás van a pensar que están locos si cuentan lo que nos confiaron a nosotros, queridos.

—¿Quién puede "tragarse" tamaña historia...? Nadie les creerá.

Desde aquel día y hasta la fecha, Eugenio, Mariela, Mechita, Martín y yo callamos, y el paso de los años hizo que comprendiéramos las recomendaciones de nuestros padres. Pero ninguno de los cinco duda acerca de la realidad de lo ocurrido en la casa del guardián, de lo visto —entonces— y que ahora viene a formar parte de un cuento.

Sabemos que es la única vía para transmitirlo, sin que la gente murmure que nuestra salud mental deja mucho que desear.

Y bien. Acaso si no me hubiera sucedido a mí, tampoco yo creería que los brazos de Mister Adrenal existían con independencia del resto del cuerpo, que Delirio y Martirio no eran títeres fantásticos sino dos criaturas encarnadas a partir de los hombros del titiritero. Dos pequeños seres, cuyas espantosas cabezas ocupaban los lugares que debían de haberle correspondido a sus manos.

Dos engendros, especie de hermanos siameses del artista y tan reales como cualquiera de nosotros.

Los alaridos de Mister Adrenal y los chillidos que Martirio y Delirio emitieron durante aquellos instantes en que los cinco amiguitos los sorprendimos tales cuales eran, persisten en mi memoria con el vigor de una sirena de otros mundos, aunque jamás haya vuelto a tener noticias de sus vidas.

✡✡✡✡✡✡✡✡✡✡✡✡✡✡✡✡✡✡✡✡✡✡✡✡✡

Superjuán o El cuento grande como una casa

Voy a contarte un cuento ¡así de grande!: ¡como una casa!

Para eso, te pido que cierres los ojos e imagines que estamos en medio del campo, sobre la tierra del patio de una escuela rural de las tantas que existen en el interior de las provincias que componen la República Argentina.

Es lunes; una luminosa mañana de primavera y la Señorita Azucena –la única maestra y directora– está en la ceremonia del izado de la bandera, junto con sus tres docenas de alumnos.

"Alta en el cielo... un águila guerrera..." cantan.

Poco después, todos van a saborear el mate cocido y el pan recién horneado que los esperan como desayuno. La generosidad de unas vecinas de la escuela hace que nunca les falten hasta el viernes, día en el que regresan a sus casas... ¡Y qué entretenidos se sienten los chicos durante esa hora previa al inicio de las clases de cada semana!

Es que —aparte de servirles para reponer energías— la dedican a contarse los episodios que los han tenido como protagonistas durante sábado y domingo pasados.

Así es como —en voz alta y para todo el grupo— hablan quienes desean comunicar algún hecho a los demás.

No es necesario que se trate de acontecimientos fuera de lo común. Las cosas simples, cotidianas, se consideran como novedades de interés. Entonces escuchamos, por ejemplo...

— que mi yegüita overa tuvo un potrillo...

—que mi hermana mayor se fue a trabajar a Buenos Aires...

—que se nos está secando el algarrobo...

—que recibimos la visita de mis abuelos de Gualeguaychú...

—que nos robaron las toallas de la soga...

—que tuvimos que llamar al veterinario, porque la vaca manchada se lastimó una pata y se le estaba agusanando la herida...

Pero la verdadera diversión ocurre cuando llega Juan Conesa.

Sucede que —si bien la mayoría de los compañeritos reside en zonas más o menos distantes del colegio— el tal Juan es el que más lejos vive de allí. Por eso, se presenta —invariablemente— tarde, desde el tambo en el que trabaja con su familia, según dice.

"Según dice"; porque como hace poquito que se ha incorporado al grado, es "el nuevo" y —por lo mismo— nada fiable para los demás, hasta que demuestre lo contrario.

Juan se aparece a caballo al igual que otros niños, en tanto varios caminan algunos kilómetros, o los traen en sulky, o bajan de los camiones que recorren la ruta cercana y a los cuales "hacen dedo" para asistir o retirarse del establecimiento escolar.

Como Juan Conesa es el último en agregarse a la mesa del desayuno, también es el último en contar lo que le ha pasado el fin de semana.

Se mantiene callado, un poco distraído y silbando bajito, mientras el resto va dando cuenta de lo que hicieron, de lo que aconteció. Cuando le toca el turno de hablar, las anécdotas de Juan hacen llorar de risa a sus compañeros. Por eso le han puesto —como sobrenombre— "Superjuán". Entre burlas y aplausos y exclamaciones.

—¡Juan Conesa es un mentiroso! —acostumbran gritarle, una vez que él ha concluido con cada relato de lunes.

—¡Mentiroso! —le reiteran. —También, "*con —esa*" cara ¿quién va a creerte semejantes embustes? ¡Ni que fueras Superjuán!

—¡Superjuán! ¡Superjuán! —suelen corearle.

Sólo Camila Ruiz lo sigue contemplando —como hechizada— durante varios minutos después del "¡Fin!" con el que Juan sella cada anécdota.

Cierto es —también— que la Señorita Azucena trata de defenderlo de las risueñas acusaciones de los compañeros.

Le cuesta. Pero como si fuera solitaria dueña de un secreto, como si conociera algunos datos que sus alumnos no, se la oye queriendo imponerse ante el barullo general, diciendo: —Juancito es imaginativo, fantasioso, chicos... No tiene ninguna intención de mentir.

Ocurre que el muchachito refiere —siempre— sucesos espectaculares, breves historias en las que se centra como personaje principal y que lo muestran en acciones o situaciones totalmente extraordinarias.

—¡Vaamoos! ¡Eeeeeh! ¡Se le va la mano con los disparates! —protestan algunos. ¿Pero qué cuenta Juan como para que sus compañeros reaccionen de tal modo? Bien. Dice que su padre mide más de tres metros... que sus músculos son duros como el hierro... que su sonrisa es ancha como la luna... que la barba le alcanza las rodillas...

—¡Grande como una casa es mi papá! —insiste. —¡Alto así!

Juan acostumbra —entonces— a subirse al pupitre, mientras eleva los brazos y los abre en cruz o los hace girar como un molino para indicar el tamaño desmesurado de los seres o cosas que nombra.

—¡Enormes las empanadas que prepara mi mamá! ¡Alcanzan para que coma toda la familia y todavía sobran pilas de migas para el gallinero nuestro y el de los vecinos!

—Como tiburones los surubíes que pescamos anoche en el río: ¡Así de grandes!

También, exagera al describir las dimensiones de la red y de las cañas que usan para pescar y de los canastos en los que recogen el fruto de la pesca. ¡Ni qué hablar del bote! ¡Descomunal como un transatlántico!

En fin, que todo es "grande como una casa" en las narraciones de Juan.

Además no sólo magnifica medidas...

De acuerdo con lo que nos enteramos unos momentos atrás, siempre cuenta episodios asombrosos, de los cuales su papá y él son los únicos héroes y al término de los cuales —de ternura puesta en la mirada— los espera la madre, no sólo con empanadas gigantescas sino con diversas comidas que ocupan ollas, dignas de contener la alimentación de un batallón de ogros.

Veamos ciertas muestras de sus relatos de lunes:

— ¡Tuvimos que luchar con pirañas que parecían ballenas!

— El bote dio una vuelta de campana por culpa de una ola extendida hasta las estrellas, pero mi papá lo volvió a colocar en la posición correcta con la fuerza de su dedo meñique; así nos salvamos...

El colmo —para sus compañeros, que

lo escuchan, muertos de risa– tiene lugar el mismo lunes en el que transcurre nuestro cuento. Porque lo más "pancho", como si fuera el hecho más natural del mundo, Juan acaba de asegurar –encaramado sobre su banco y abriendo los brazos de par en par– que la noche anterior se toparon con un barco pirata que "imagínense lo inacabable que era, que su capitán y su tripulación eran hombres así de grandes, ¡más altos que una casa! y entonces..."

No puede continuar. A las carcajadas y chillidos se les agregan bollitos de papel que los compañeros le arrojan, burlones. Camila Ruiz es la única que no se suma al alboroto del aula.

Ella mira a Juan Conesa con una expresión de enamoramiento que sólo advierte la señorita Azucena, tan enfervorizados están los demás chicos en reforzar –a grito pelado y mediante una improvisada melodía– las acusaciones de "¡Superjuán es mentiroso, lará lará lará! ¡Superjuán es mentiroso, lará lará lará!

Inútiles los pedidos de silencio que formula la maestra.

El grado se transforma en una cómica pajarera donde todos gorjean a la vez. Menos Camila, claro.

Y menos que menos Juan que –"bombardeado" con papelitos– apenas si atina a abandonar el salón que les sirve de albergue para meriendas, aprendizaje y dormitorio.

Avergonzado. Tristón.

Es recién durante el tercer recreo de este lunes cuando Camila se atreve a acercársele, tan pronto como lo ve apartado del resto y tumbado bajo la sombra de un árbol.

—Juan... Juancito... —le dice. —Yo... Yo quiero que sepas que... esteee... quiero que sepas que te creo... que me encantan tus hazañas... Son... ¿cómo explicarte?... como sueños... esteee... como maravillosos libros de cuentos que no tenemos en la escuela... A mí me gustan mucho, Juan... Son lo más lindo que me pasa aquí... Espero cada lunes tu llegada... Es como si... —¿me entenderás?— es como si yo viera cada escena de tus relatos... Como en las películas, ¿te das cuenta? Para mí... Juan Conesa es esteee... ¡es un genio! —y Camila termina de repente su monólogo y se aleja del árbol, sin volver la cabeza. También ella siente vergüenza por lo que le ha confesado a su compañero de tareas: es que Juan ni se molestó en mirarla siquiera, mientras que la niña se armó del coraje necesario para decirle lo que le ha dicho.

Sin embargo, Juan la observa a medida que ella se va separando de su lado ¡y vaya si ha prestado atención a sus palabras, a pesar de que simuló que no!

La semana transcurre sin que otro

asunto merezca ser mencionado.

Ahora estamos en el lunes siguiente del que dio principio a esta historia. Llovizna.

Cuando la Señorita Azucena pasa lista —después de consumido el desayuno— no se oye la voz de Juan Conesa exclamando "¡presente!".

—Qué lástima... Faltó... —piensa Camila, a la vez que los más traviesos del grupo aprovechan su ausencia para quejarse a la maestra.

—¡Superjuán es un terrible mentiroso! —le dicen.

—Mentir es un pecado!

—¡Macanea a más no poder y usted —encima— lo defiende, señorita!

—A cualquiera se le da por los chistes, pero Conesa asegura que es verdad lo que él cuenta, ¡eso es lo que me da rabia!

—¡A mí también!

—¡Y a mí! ¡Es un mentiroso!

—¡No! —y Camila pone toda su energía en esas dos letras, que lanza al aire de la mañana.

No puede emitir otro sonido, con lo que le cuesta expresar su sentir, aunque sea tanto y tan hermoso.

La maestra la mira —fugazmente— y supone el afecto que enlaza el corazón de la niña al del alumno ausente. Sin embargo, no alcanza a decirle nada: es entonces cuando su pensamiento se ve interrumpido por los reclamos de tantos otros chicos.

—¿Nos da permiso, señorita?

—Se nos prendió "la lámpara de las ideas", ¡como dice usted cada vez que le contamos algo que vale la pena! ¿Nos da permiso para que mañana —si viene Juan— le hagamos una broma?

—¿Nos deja que le pidamos que cuente por qué faltó; durante el desayuno y aunque sea día martes?

—¡Déle, seño, sea buena!

—Ah, pero —antes— él tiene que aceptar que le atemos las manos...

—¡Y que lo amarremos al banco, así vamos a ver cómo se las arregla para exagerar con sus gestos!

—...y cómo hace para mostrarnos que todo es "graaandeee como una casa..."

La maestra accede. El clima de la clase es de tal jolgorio, que quién puede no contagiarse.

Hasta Camila se ríe ahora, debido a la ocurrencia de sus compañeros.

Martes. Garúa. Momento de izar la bandera, mientras las cabecitas piensan en Juan Conesa más que en el pabellón azul y blanco que va ascendiendo con lentitud.

Durante el desayuno (que aunque se desarrolla un martes está dedicado a esperar al "nuevo") a todos les parece que el muchacho se demora más que lo habitual.

—Les parece, chicos; les parece... Ya va a llegar Juancito... Por suerte, no está enfermo. No podía salir del tambo, ayer a la madrugada. Medio inundados estaban los caminos hacia la ruta y los puesteros decidieron que era mejor que se quedara allá... Me lo dijo don Eulalio, al que encontré —por casualidad— cuando pasaba con su camioneta por lo de los Juárez, para cumplir con el reparto de esta mañanita...

Como a los Juárez pertenece una de las vecinas que les prepara el pan y la maestra va a buscarlo antes de que se levanten, la clase entera suspira, aliviada. Camila también. Ya bastante sufrió la pobre, creyendo que a Juan se le habría declarado alguna peste y que nunca volvería a verlo.

Por eso, cuando el muchacho llega a la escuela y los demás le informan qué le espera, la nena no puede reprimir una risita de contento.

—¡Y átenme con esas sogas, nomás!— exclama Juan cuando se entera de la broma que le reservan. —¡Atenme, dormidos! ¿Y a mí qué? Ustedes —cobardones— se habrán acurrucado en los rincones durante la tormenta del fin de semana... ¡Mi papá y yo, no! ¡Igual salimos a pescar, en medio de ese tornado!

—¡Que no nos cuente lo que pasó hasta que esté completamente sujeto al banco, señorita!— le recuerdan entonces a Azucena.

Cinco minutos después, Juan atado de

pies y manos e inmóvil sobre su banco.

—¡Jujú! ¿Cómo te las vas a rebuscar —ahora— para exagerar con tus gestos, eh?— le preguntan los compañeros.

—¿Qué es lo que te pasó de extraordinario; qué es lo que viste "taaan graaande como una caaasaaa", durante la tormenta?

—¡Dale, contános, Superjuán!

—Buah... Ya que insisten... —les responde el chico, alentado por la mirada expectante y amorosa de Camila— ...aunque sé que va a resultarles increíble... —Entonces, Juan les narra —muy brevemente— la fabulosa aventura "que vivimos mi papá y yo, porque somos valientes; no como algunos que conozco y que me niego a nombrar..."

Mientras relojea —de tanto en tanto— a Camila —y —sin que los demás lo noten— le hace —de pronto— una guiñada compinche, el relato se desgrana como sigue:

—Resulta que salimos de pesca igual, a pesar de la tormenta y del viento furibundo que soplaba el sábado a la medianoche.

Justito en el medio del río y cuando ya estábamos por regresar a la orilla —porque, a duras penas, habíamos pescado un dorado— rescatamos a siete delfines perdidos y diminutos como moscas...

—Aaah...— festeja el grado. —¿Así que chiquititos, eh?

—Sí— prosigue Juan. —Eran miniaturas. Y los salvamos al colocarlos dentro de un balde de agua. Después, seguimos remando, cuando oímos que alguien pedía socorro.

—¿Quién era? ¿Un mosquito empapado?— y toda el aula se sacude debido a las risas.

—Una sirena, bobos. Era una sirena: mitad mujer y mitad pez; una preciosa sirena como las de los libros que no tenemos en la escuela...— y otro guiño cómplice une su mirada con la de Camila.

—¿Ajá? ¿Y qué tamaño tenía la sirena, si puede saberse?

Entonces es cuando Juan —conteniendo la risa debido a lo que está inventando y maniatado como se halla, exclama: —No pude verla claramente, zonzos; si estaba tan oscuro y los truenos nos ametrallaban y...

—Aaah...

—... pero antes de desaparecer sobre el lomo de un corpulentísimo caballo marino que la auxilió —continuó Juan— cayó un relámpago que iluminó la escena y así tuve la ocasión de contemplar los ojos más grandes que yo haya visto nunca... por lo que me fue posible calcular el enorme tamaño de la sirena...

—¿Y cómo era de grande, eh?

—¡Miren si sería grande como una casa, que sus ojos eran así! (y ahí mismo, Juan separa totalmente sus manos —que conserva bien atadas por la parte de las muñecas— y las hace rotar, girar en el espacio, hasta completar una perfecta circunferencia).

—¡Bravo, Juanchi!— aplaude Camila—. ¡Los jorobaste!— mientras que el resto del grado se queda "frito" ante esa nueva muestra del "nuevo".

—¡Tu imaginación es desbordante; no tiene fronteras, Juan; supiste encontrar el modo de zafar de la trampita que te tendieron!— se emociona la maestra. —¡Bravo! Entretanto, Azucena piensa que la imaginación es lo único que tiene el chico desde que perdió a sus padres y fue recogido como peoncito del tambo.

A lo largo de esa semana —sin embargo— debe corregir su opinión.

Y la corrige —feliz y sin dudas— a medida que nota que crece y crece el afecto entre él y Camila.

—¿Sabe —señorita— que Juan Conesa no tiene papá ni mamá?— le pregunta la nena —en un aparte— momentos antes de la salida del viernes.

—Pero... —se sorprende Azucena— ¿Quién te autorizó a contar algo que Conesa quería reservar en secreto y que sólo me confió a mí?

—El mismo —seño— Superjuán.

Y es "Superjuán" el que —un poquito más tarde— durante la caminata hacia la tranquera de la escuelita, le jura y re-jura a Camila que la sirena del río no era ni pizca de lo bonita que ella es. De inmediato —y de cachetes colorados— le pregunta: —¿Te gustaría ser mi novia de lunes a viernes?

✡✡✡✡✡✡✡✡✡✡✡✡✡✡✡✡✡✡✡✡✡✡

La ahuyentalobos

No estaban seguros de esperar su visita sólo por la renovada alegría de verla. La llegada de la abuela Prudencia a la casa de sus nietos de Buenos Aires (una vez por mes, ya que vivía a unos ochenta kilómetros de la ciudad con sus —también— ochenta años a cuestas) representaba para los niños algo más.

Era la oportunidad de escuchar fantásticos relatos, durante el tiempo que duraba su hospedaje entre ellos.

Se trataba de leyendas españolas que habían viajado en barco con ella, grabadas en su mente y en su corazón. Antiguas historias que habían sido su única compañía a través del Océano Atlántico, en las lejanas horas de su viaje hacia América a bordo de un buque de inmigrantes.

Porque Prudencia apenas si había cumplido los catorce cuando se había visto obligada a desgarrarse de su tan amada como pobre aldea gallega, al encuentro de unos tíos que ya estaban establecidos en Argentina.

En el Puerto de Lugo quedaban sus padres y el rosario de hermanitos menores...

—Cuentos es todo lo que puedo regalarles— acostumbraba a decir la abuela a sus nietos, antes de iniciar las narraciones. —Con la miserable jubilación que cobro no puedo regalarles otra cosa que cuentos...

Un grupo de vecinitos amigos solíamos sumarnos —encantados— a aquellas reuniones, alrededor del libro parlante en el que se transformaba la anciana mediante la magia de su voz.

Mis recuerdos recortan —ahora— tantos de esos relatos...

En especial, los preferidos de Doña Prudencia, que también eran los nuestros. Los más inquietantes, los que nos cosquilleaban en la piel; los que aniñaban la mirada verde de la abuela al punto de que —por momentos— me parecía que no era vieja sino una rara muchachita de casi metro setenta de estatura e insólita cabeza blanca. Esos "cuentos de miedo" que le pedíamos sin cesar como —por ejemplo— el que ya empiezo a contarte, en una versión propia —*más* libre que los gorriones— de la leyenda popular española que le dio origen.

Había una vez... en cierto pueblito del sudeste de España, una niña que se llamaba Luperca.

Y quienes aseguran que no existe ningún ser totalmente malo, que aún en el alma más perversa que sea posible imaginar titila —siguiera— una llamita de bondad, seguramente no han tenido noticias de su vida. Si hasta el nombre con el que la habían bautizado encerraba un significado perturbador.

Claro que sus padres —Amparo y José María— lo ignoraban. Erróneamente, creían que se trataba de una variante del diminutivo Lupe, proveniente de Guadalupe.

Jamás la hubieran llamado Luperca de saber que —de acuerdo con sus raíces latinas— la cadenita de esas siete letras quería decir "la que ahuyenta los lobos"... Según se cuenta, ya desde muy pequeña había dado tantas pruebas de su maldad, que madre y padre temblaban a medida que ella crecía, pensando que esa maldad crecería con ella y no habría quien pudiera evitarlo.

—¡Qué desgracia esta hija que nos ha nacido, Virgen Santísima!— comentaban por lo bajo entre ellos, mientras que —a modo de consuelo— murmuraban: —El Señor la envió a nuestra casa. Debemos aceptarla y resignarnos a este castigo. Pero... ¿qué hemos hecho para merecer tamaña desdicha?

Llegados a este punto de sus reflexiones, los papás de Luperca no encontraban ninguna respuesta lógica. Ellos eran gente amable, trabajadora y muy piadosa, al igual que el resto de su corta familia. Además —por lo que ambos recordaban— esas cualidades las heredaban desde los tatarabuelos.

¿Qué remoto antepasado —del que no

guardaban memoria— habría cometido tan incalificable pecado, como para que el destino hubiera resuelto vengarse —justo en ellos— con el nacimiento de esa niña malvada? Porque lo cierto era que Luperca —de bellísimo aspecto físico— parecía una concentración de todas las calamidades del espíritu.

Disfrutaba haciendo mal a los demás. Mentía con descaro; era hipócrita, tacaña; ladrona, interesada, codiciosa. Otro de sus placeres: humillar a quienes pudiera; burlarse —incluso— de aquellos que —a pesar de todo— la amaban, como sus padres.

—¿Es posible que ni nos quiera a nosotros?— gemían a menudo, desesperados.

No. Luperca no quería a nadie.

Para colmo, su entendimiento era muy superior al de las nenas de su edad y ya se sabe qué nefastas consecuencias puede acarrear la unión de inteligencia y maldad...

Una noche —después de los rezos habituales, de rodillas junto a su lecho— la madre de Luperca se echó a llorar, con el rostro aplastado contra la colcha. Sus sollozos despertaron al marido.

—¿Qué te pasa, Amparito?

—Es por Lupe, como siempre... Lloro por ella...

—¿Qué nueva trapacería ha cometido hoy esa condenada?

—No, ninguna que yo sepa, pero es que pienso en su futuro y la angustia no me permite casi respirar... ¿Qué será de ella cuando nosotros estemos muertos, Josemari, quién podrá soportarla?

—Tienes razón, mujer, aunque Dios quiera que falte mucho para entonces...

—De sobra la conocen todos en el pueblo... Ningún mozo querrá casarse con ella... Si ya me he enterado que la apodaron "La Satanasa"... Se quedará solterona, Josemari... Sola... Tan sola...

Despierta en su cuarto como estaba —sin que sus padres lo sospecharan— Luperca escuchaba atentamente la conversación.

Una sonrisa maligna le bailoteaba desde la boca a los ojos, tras cada palabra de sus mayores. Apenas si podía reprimir las ganas de abandonar la cama y aparecérseles —de repente— para comunicarles cuáles eran sus planes para el futuro. ¡Ja!, ya verían esos tontos catolicones las cosas que ella era capaz de hacer.

—Por mí podrían evaporarse en el aire en este mismo momento —pensaba— porque no va a pasar mucho tiempo para que —por fin— pueda cumplir con lo que me propuse desde chiquilla. ¿Interés en los mozos de este pueblo miserable? ¿Solterona yo? ¡Sí que imaginan boberías los padres míos, voto a mil diablos!

Y esa noche se durmió con una calma tan grande, que cualquiera que la hubiera contemplado en los brazos del sueño hubiese creído que era un ángel en reposo. Tal era la placidez que irradiaba su preciosa cara morena, de escasos trece años...

Cuando cumplió los catorce, Luperca dicidió que ya estaba lista para encarar la vida por su cuenta y emprender su particular aventura.

Había programado —hasta el mínimo detalle— todo lo que iba a hacer a partir del instante en que se marchara de su casa natal.

Ese era el primer paso.

Y así fue como un día —mucho antes de que cantaran los gallos— la muchacha

abandonó a sus padres y a su pueblo, sin el menor sentimiento de cariño; sin pizca de culpa.

Bien suponía ella el infinito daño que iba a causar en los corazones de los sufridos Doña Amparo y Don José María, pero esa suposición —lejos de producirle algún remordimiento— le redoblaba las fuerzas y la llenaba de goce.

—¡Libre! ¡Libre!— se repetía, mientras caminaba rumbo a la carretera que unía el suyo con el pueblo vecino. —¡Libre, finalmente; voto a mil demonios!

Y mil demonios debían ser —nomás— los dueños de su alma, como para que Luperca obrara así, igual que una criatura maldita.

¿Exageraciones? ¿Te parece? ¿Qué vas a opinar cuando te enteres del contenido de la ancha bolsa que cargaba sobre su hombro?

Semanas antes de su partida, la muchacha había confeccionado una lista de los objetos que se llevaría del hogar y cada uno de ellos integraba su equipaje:

—La lata con los ahorros, fruto de tantos años de trabajo de sus padres; ese dinero que reservaban para ella, oculto en un pocito cavado bajo una piedra del piso de la cocina. (—Por si te quedas sola en el mundo, hija... —por lo cual no había trepidado en apoderárselo. —¿Acaso no me repetían que eran míos?— se decía, carcajeando.)

—Un mantón, primorosamente bordado a mano y con el que hubiera podido cubrirse una pared de su cuarto, dadas sus generosas dimensiones.

—El único anillo de su mamá, ese que nunca usaba y cuyas piedrecitas transparentes refulgían como estrellas por lo que —deben de ser brillantes— pensaba Luperca.

—El cuchillo más afilado.

—El crucifijo de plata, que había pertenecido a una bisabuela y del que su padre juraba que era "una verdadera joya".

—El misal con incrustaciones de nácar... y la lista sigue, pero no te miento si te digo que me repugna enumerar el producto entero del robo de Luperca. Baste con que sepas que todo lo que ella consideraba de más valor, fue a parar a su bolsa.

Y mientras marchaba siguiendo para-

lelamente la línea de la carretera. pero distanciada de la misma como para que nadie la sorprendiese en fuga, sus padres ya habían advertido su ausencia.

No comprendían el porqué de más y tan inmerecido dolor.

Prendido con un alfiler a su almohada. el papel con la esquela de su hija les anunciaba:

"ME VOY PARA SIEMPRE DE ESTE MISERABLE PUEBLO. NO INTENTEN BUSCARME. YA NO LOS NECESITO Y SABRE ARREGLARMELAS PERFECTAMENTE. DESDE HOY EN ADELANTE. HARE —EXACTAMENTE— LO QUE IMAGINE DE NIÑITA.
ME LLEVO LO QUE LEGITIMAMENTE ME PERTENECE, COMO UNICA HEREDERA QUE SOY DE LOS DOS.
ESPERO QUE NO DRAMATICEN ESTO; SOLO ME PERMITI ADELANTAR —UN POCO— EL DIA EN QUE AMBOS HAN DE ESTAR MUERTOS (PORQUE ¿NO CREERAN QUE SON ETERNOS, NO?)
PRONTO TENDRE LAS RIQUEZAS QUE AMBICIONO, ASI QUE NO COMETAN LA ESTUPIDEZ DE PREOCUPARSE POR MI. OLVIDEN QUE ALGUNA VEZ TUVIERON UNA HIJA. POR MI PARTE, YA EMPIEZO A PERDER LA MEMORIA DE MIS ORIGENES.
YA LA PERDI. HASTA NUNCA.

LUPE"

Después de mucho lamentarse, de llorar hasta que se les agotaron las lágrimas, Doña Amparo y Don José María se aislaron en su pena y decidieron seguir las indicaciones de la hija. ¿Qué otra cosa podían?

A los tres o cuatro parientes que tenían en la localidad y a los vecinos curiosos, les mintieron.

—Lupe se fue a Madrid, como damita de compañía de una distinguida señora que —de paso por aquí— se quedó prendada de su inteligencia y de su belleza —comentaban, mientras que —por dentro— rogaban a Dios y todos los Santos para que velaran por ella, para que se apiadaran de su alma, a pesar de la profunda lastimadura que Luperca les había causado con su adiós, con la crueldad de las palabras de despedida.

A meses de la ausencia de Lupe, Doña Amparo no resistió más el dolor y murió de repente.

En cuanto a Don José María, buscó equivocado auxilio en el vino y se convirtió en un borracho al que nadie le hacía caso.

De todos modos, su gran sufrimiento duró poco más: no había transcurrido un año y medio desde el fallecimiento de su esposa, cuando lo encontraron tirado en un montecito cercano al pueblo. Había muerto de un tiro en la sien que él mismo se había disparado.

Luperca —ya casada con Don Ramiro de Guzmán, joven de noble estirpe y de cuantiosa fortuna— jamás supo de la trágica suerte corrida por sus padres.

Pero qué más daba, ya que tampoco le hubiera importado, triunfadora como se sentía desde que había atrapado en sus redes nada menos que al mozo más majo y acaudalado de Murcia, ciudad a la que —por fin— había arribado tras abandonar su casa natal.

Había conquistado a Don Ramiro —como a buena parte de la alta sociedad murciana a la que él pertenecía— debido a su hermosa apariencia, sus modales y su extraordinaria inteligencia.

Don Ramiro de Guzmán había sucumbido ante la presencia de Luperca tal cual un cordero frente a los lobos.

¿Cómo iba a desconfiar él —honesto como era— de esa chiquilina deslumbrante, que había aparecido en su vida justo cuando más solitario se hallaba?

Huérfano desde niño y a cargo de tutores, Ramiro no dudó en ofrecerle matrimonio. Y qué le interesaba ignorar su procedencia, desafiar al tonto mundillo que lo rodeaba, sólo atraído por su inmensa fortuna.

—Luperca no— pensaba él. Pero Luperca sí, y hasta un punto extremo que a Ramiro no se le hubiera ocurrido suponer.

El caso es que la muchacha se había casado —como es obvio— ocultando sus verdaderos propósitos.

—Pronto seré la única dueña de las riquezas de mi esposo— se decía, con destellos de malicia en sus ojos.

Hipócrita como era, bien se las ingeniaba para que Ramiro confiara en ella cada día más, así como para avivar el amor que el joven le profesaba.

—Querida Lupe— le dijo una noche—. Si me tocara morir antes que tú —lo que sería de esperar, ya que te llevo algunos años —deseo que me sepulten con esta alhaja que uso desde pequeño y que —como sabes— era la favorita de mi madre.

Ramiro le señaló —entonces— la cadena de oro macizo que colgaba de su cuello, extendida sobre la camisa.

Era una joya de gruesos eslabones, de la que pendía un relicario cubierto con esmeraldas y otras piedras de valor.

—Comparada con la incalculable fortuna que —por suerte— podré legarte, poco cuenta esta alhaja, por más cara que —en realidad— sea. Como ya te mostré, Lupe, guardo en el relicario los retratos de mis padres y algunos mechoncitos de tus cabellos. No quisiera separarme de este tesoro de mis afectos, ni aun muerto. ¿Me lo prometes?

La mirada de Luperca y el abrazo que le dio —ambos tan falsamente conmovidos— convencieron a Ramiro de que su última voluntad sería respetada y ya no volvió a hablar del asunto.

Una mañana —inventando una excusa cualquiera para salir sola— Luperca se dirigió hacia una casucha de los arrabales de la ciudad de Murcia. Había averiguado que allí vivía una vieja bruja y estaba dispuesta a consultarla. No para hacerse adivinar el futuro, nada de eso. La pérfida muchacha quería comprar un veneno capaz de matar sin dejar huellas.

A cambio de tres de las innumerables y costosas pulseras que Ramiro la había regalado, consiguió —entonces— una poción mortífera.

—A lo largo de una semana— le aconsejó la bruja— deberás verter unas gotitas de este líquido en el agua que beba quienquiera que sea la persona de la que intentas deshacerte. Ya verás como enferma y muere, sin que los médicos puedan explicarse el motivo. No correrás ningún riesgo de ser acusada. Te lo juro yo, por Lucifer y todos sus infiernos.

Lamentablemente para el buen Ramiro, las palabras de la vieja se cumplieron al pie de la letra y Luperca empezó a ser "la viuda de Don Guzmán", justo siete días después de su tenebroso encuentro.

La fortuna íntegra del desdichado mozo pasó a ser de su propiedad.

Cualquier otro ser se hubiera considerado más que satisfecho al ser dueño de tan fabulosa herencia; no Luperca. Su ambición era ilimitada. Por eso, desde el mismo instante en que el cadáver de su marido fue ubicado en la capilla de su palacio —a efectos de ser velado— no tuvo otro pensamiento que apoderarse —también— de su relicario.

Debía de proceder con mucha cautela para no ser descubierta. Ramiro yacía expuesto al dolor de sus relaciones, luciendo sobre el pecho aquella joya que todos le conocían.

Sobre ella, se cruzaban sus manos, rígidas como el resto del cuerpo.

Horas antes de que el entierro tuviera lugar y en plena madrugada, Luperca apeló —entonces— a su increíble hipocresía y fue a buscar —llorando a mares— al sacristán de la capilla para que le abriera el recinto.

El hombre —que dormía en una habitación de los fondos— se levantó de inmediato, emocionado por la presencia de la joven que le rogaba: —Abrame usted la capilla —por amor de Dios— que necesito estar un rato a solas con mi amado esposo.

Iba cargada de flores recién cortadas.

Poco más tarde, Luperca se encontraba junto al féretro de Ramiro, con el coraje suficiente como para dar el último paso de su plan.

—Voy a quitarle el relicario —pensaba— y a cubrir su pecho —después— con todas estas flores. Así, nadie notará la falta de la joya cuando vengan a cerrar el cajón.

Rodeado de velas que aún ardían, Ramiro estaba a punto de sufrir su postrer despojo.

Bastante impresionada por lo que tenía que hacer —a pesar de su maldad— Luperca se inclinó —entonces— sobre el cuerpo del marido. Su cara casi rozaba la de él.

Tuvo que esforzarse bastante para descruzarle las manos yertas y apoyadas sobre la cadena y separarle los brazos. Pero lo logró. Sin embargo, apenas lo hubo hecho y en el instante de soltarlos para quitarle la alhaja, los músculos muertos volvieron —de inmediato— a la postura que tenían, debido a su estado de rigidez.

Fue así como —aterrorizada— Luperca se sintió —abruptamente— prisionera del abrazo de su esposo.

Sus gritos de espanto alarmaron al sacristán, quien regresó —de prisa— a la capilla.

De prisa, pero no con la requerida como para rescatar a la joven de aquel susto mortal.

La encontró también muerta —como a Ramiro— y de cuello sujeto entre sus brazos helados.

Sólo cuando vio las flores desparramadas por el suelo —junto al ataúd— y aquellas tenazas entre las manos de la viuda, sobre un eslabón semiquebrado de la cadena de oro, pudo entender lo sucedido.

Y vivió para contarlo.

☆☆☆☆☆☆☆☆☆☆☆☆☆☆☆☆☆☆☆☆☆☆☆☆☆☆☆☆☆☆☆☆☆☆☆☆

Mal de amores

Por las anchas y arboladas veredas de la calle Honduras —donde se inicia este cuento— viene caminando un grupito de compañeros de escuela que acaban de concluir con las clases del turno de la tarde.

Son Paco, Celeste, Fabricio, Román y Tamir, que todos los viernes prolongan su encuentro y sus estudios en la casa de la nena nombrada en último término.

Nadia —su hermana mayor— que ya cursa el segundo año en la universidad— trabaja como profesora particular en su propio domicilio. En este caso, está preparando a los cinco chicos para el ingreso al colegio secundario. La materia: Lengua.

Destemplado mes de septiembre. El viento convierte en extraños pájaros a los papeles que la gente ha arrojado —desaprensiva— aquí o allá. Sobrevuelan el adoquinado del barrio de Palermo Viejo y Tamir se complace al pensar que son avecitas de verdad y que sólo se sueltan a su paso cuando Fabricio la mira, como en estos momentos.

Van charlando.

Fabricio no la mira de ningún modo especial y el tema de la conversación gira en torno de los nombres —nada romántico, por cierto— pero cada vez que enciende su atención, Tamir imagina que el día se transfigura para ellos dos. Ve —entonces— cosas que los demás ni siquiera suponen, tan secretamente enamorada está ella de Fabricio, desde que comenzaron séptimo grado.

—Claro que sé que tu nombre es "Mirta" y no "Tamir", nena; y que Nadia se llama "Diana" ...pero qué graciosos tus padres... ¿Así que a tu hermanito también le pusieron un apodo usando el "vesre"? —le dice Fabricio. —Ja. No es común que a un varón nacido en la Argentina lo bauticen como Odín... pero... no se me ocurrió que fuera "Dino", pronunciado —también— al revés... Menos mal que se preocuparon por buscar nombres que contienen a otros "potables"... que si no...— y ahí Fabricio comparte con el resto del grupo el descubrimiento que ha hecho, elevando la voz. —"Ciofabri" sería yo para tu familia... Y ésta, ¡Lestece! Pero la peor parte la llevarían Paco y Román... ¡Nada menos que "Copa" y "Manro"; qué ridículo, ¿no?!

Mientras Fabricio les cuenta a los otros este asunto —que festejan entre sonrisas— los papeles que el viento sopla vuelven a serlo. Papeles. La magia rota para los ensoñados ojitos de Tamir.

Entonces, les explica a sus compañeros que la elección fue intencional, que su mamá seleccionó —cuidadosamente— los nombres de los tres hermanos, que quería que tuvieran dos en uno, que "ustedes ya saben que es loca por las palabras, si escribe poemas y todo" y que patatín que patatán.

Sobre el acento del "patatín" llegan a su casa... y sobre la pista de aes del "patatán", sale Nadia a recibirlos, por la puerta de calle que se abre a metros de la esquina de Honduras y Medrano.

Nadia arremete —esa tarde— con la revisión de los verbos defectivos.

—¿Quién se ofrece a definirlos?— pregunta.

Gestos de fastidio en todas las caras menos en una, la de Fabricio. El siempre está bien dispuesto para contestar cualquier pregunta que formule Nadia.

Muy bien dispuesto.

—¿Para cuándo el regalo de la manzana a la profe, "chupamedias"? —bromea Román.

—Ay... ¿quién sino Fabri para quedar bien con Nadia, eh? —agrega Paco. Celeste y Tamir se ríen en tanto Fabricio —con ademanes y pronunciación afectados a propósito— recita que "se denomina verbo defectivo a aquel que sólo se conjuga en los tiempos y personas cuya desinencia contiene la vocal "i". Por ejemplo, si tomamos el verbo "abolir", diremos "abolía", "aboliré" y "aboliendo", pero no podremos conjugarlo en los presentes, que no contienen dicha vocal. ¿Entendido, burros?"

—Te felicito, Fabri; el único que estudia como es debido— le dice Nadia.

—¡Loquísimos estos verbos! —opina Paco.

¡Para qué! A raíz de su risueña protesta se desencadenan las críticas de los demás. (Menos de Fabricio —por supuesto— él —invariablemente— está de acuerdo con Nadia.)

—Si yo fuera Presidente de la Nación y tuviera que derogar una ley, utilizando el correspondiente "abolir"... ¿qué hago? —exclama Román.

—Y... dirías "yo abuelo", aunque te descalificaran los miembros de la Real Academia Española!

—...¡a los que ganas de complicar a los niños parece que no les falta!

—¿Es que no existen los sinónimos?— interviene Nadia.

—¡Seguramente! —dice Fabricio— y apabulla a sus compañeros con la exposición de una lista que sabe de memoria y que ni un loro superentrenado podría repetir mejor: —Revocar, cancelar, anular, rescindir y el recién citado derogar...

El —¡Bravo, Fabricio!— de Nadia se superpone con las quejas de Román, Celeste y Paco.

BIANCHI

—¡No significan *exactamente* lo mismo!

—¿Por qué se empeñan en impedir la lógica dentro de la lengua?

—¿Por qué no puede decirse "yo abuelo"... "tú abuelas"... "nosotros abuelizamos"...

—¡Eso! ¡Eso! Los abuelos... abuelizan. Razonamiento perfecto.

—¿Y si no, cuál es el motivo para evitar el "yo abolo", "tú aboles", "él abole"?

—¡Sería un embole!

La conjugación de "abolir" se ha convertido en plaza de diversión absoluta para los chicos.

Nadia trata —en vano— de imponer orden (secundada por Fabricio, que grita: —¡Silencio, burros!) pero es evidente que ella se ha tentado —también— y se ríe de estas "Arbitrariedades idiomáticas", como las distingue.

Confiada en que sus alumnos bromean; convencida de que lo que se aprende con alegría es inolvidable y que bien saben ellos que este tipo de conjugaciones suele aparecer en los exámenes de ingreso a la escuela media, se "resigna" —incluso— a que le canturreen a coro y con ritmo de rock:

Tú abolías...
El abolía...
(aunque este verbo
nadie entendía...)

Y —así— aboliendo
(no comprendiendo)
aboliremos ingresos
diciendo:
Yo aboliré...
Tú abolirás...
(pero *en Presente*,
nunca podrás...
Nunca podrás
nada abolir:
¡Todo igualito
ha de seguir!)

Algo extrañada por la escasa participación de su hermanita durante los minutos que duró el juego verbal, Nadia le pregunta: Y, Tamir, ¿qué abolirías si tuvieses la posibilidad de hacerlo?

Concentrada como ha estado observando a Fabricio, el interrogante la toma por sorpresa y sólo atina a responder —poseída por sus sentimientos como la Julieta de Shakespeare: —Ah... Los amores imposibles aboliría... —y en el casi imperceptible sobresalto que la contestación produce en su compañero pero que ella registra al vuelo, Tamir lee la confirmación de que a él le pasa lo mismo, que está secretamente enamorado y no se atreve a decírselo.

Esa noche, se propone derrotar —siquiera en parte— su propia timidez y darle al muchacho claras pistas de guía hacia su corazón; alentarlo para que se anime a compartir

—por fin— el callado amor que los une.

—"Aboliré" el silencio entre los dos: eso es— piensa, antes de dormirse y reencontrar a Fabricio en sus más dulces sueños.

A partir de ese día y hasta casi las vísperas del examen de ingreso, la nena busca cualquier pretexto para que el chico se entere de que es su preferido.

Y él se entera —por supuesto— y este descubrimiento lo colma de alegría: —Voy a confesarle a Tamir lo que siento... —proyecta.— ¿Quién —si no ella— para comprender por qué me mantuve mudo durante tanto tiempo? ¿Quién —si no ella— para entender mi entusiasmo por las clases de los viernes...? Juntos, entonces... en su propia casa... como si fuéramos novios... con visita aceptada por sus padres y todo...

El último viernes previo al examen, Fabricio se las ingenia como para que ambos se encaminen solos hacia las clases particulares, sin la habitual compañía de Paco, Celeste y Román.

¡Tamir es un metro cincuenta de ilusiones! —Ay, ¡qué emoción; clavado que hoy me dice que me quiere!

Andan —lentamente— por la calle Salguero —que desemboca en Honduras y Medrano— cuando el chico se detiene —de repente— y —de un salto— se ubica frente a Tamir, obstruyéndole el paso; de brazos abiertos en cruz.

Un momento, señorita; por favor –le dice.– ¿Usted es mi mejor amiga, no? –y las palabras se le despegan tan abruptamente de la piel del alma que él mismo se asombra.

La contenida catarata de amor se vierte –entonces– a raudales sobre la tarde y sobre los esperanzados oídos de Tamir. –Me va a decir que me quiere... –conjetura– ¡Me desmayo!

Y si no se desmaya cuando escucha la fogosa confidencia de Fabricio es "porque Dios existe", según murmura horas después, ya en la soledad de su dormitorio, casi al amanecer y de carita hundida en almohada de lágrimas.

Ignora que el dolor acaba de hacerla crecer de golpe.

–Necesito contarte lo que me pasa, Tamir... ¿A quién, si no? De lo contrario, reviento –le había dicho Fabricio, ruborizado del tal modo que hasta parecía pelirrojo. –Sufro como un condenado a la silla eléctrica cada vez que ocupo una silla de tu casa los viernes... Tan cercana... y –sin embargo– tan que no puede ser... Porque mi amor es imposible, Tamir... Imposible... Ah... Qué desgracia... Estoy re-enamorado... de... tu hermana Nadia...

✩✩✩✩✩✩✩✩✩✩✩✩✩✩✩✩✩✩✩✩✩✩✩✩✩✩✩✩✩✩

El nuevo Frankenstein o Cuento de pasado mañana

Le decían ''El Laucha''.

Flaquito, moreno, de facciones menudas y picarón como era, pocas veces un sobrenombre estaba tan relacionado con quien le había servido de inspiración.

Formaba parte de esa multitud de criaturas a las que comúnmente se conoce como ''los chicos de la calle'', abandonados a su propia suerte ante la indiferencia de la gran ciudad.

Buenos Aires los veía (y los ve) deambular por los barrios céntricos, a través de las terminales de ómnibus y estaciones de trenes, recorriendo subterráneos y restaurantes, a la busca de las limosnas con las que la caridad de la gente quiere aliviar –en parte– su miseria cotidiana.

El Laucha integraba un grupito de ''abre y cierra-puertas'' de autos particulares, taxímetros, remises y limusinas, esos lujosos vehículos de gran porte, de cuyos pasajeros solía recibir las propinas más importantes por su labor.

No era una tarea tan sencilla como podría parecer. Cada dos por tres, recibían el maltrato de viajeros o choferes, o los echaba el conserje del gran hotel a cuya entrada se apostaban el Laucha y sus compañeros. Pero ellos insistían y volvían a abrir y cerrar puertas como si nada hubiera pasado.

Una mañana, la limusina más deslumbrante que el Laucha hubiese visto jamás se detuvo a su lado. Con su ancha sonrisa de segundos dientes recién salidos, flamantes, el nene se preparó para abrir la puerta del pasajero.

Lo hizo. E impactado por la figura elegante del caballero que bajó, se le ocurrió inclinarse en una reverencia, al mejor estilo de un paje frente al rey. Luego, extendió su manito a la espera de la gratificación monetaria.

Esta actitud, unida a la simpatía que —naturalmente— desbordaba de cada gesto del Laucha, le causó gracia al señor, en tanto que lo conmovía su desamparo. No sólo le dio un billete de bastante valor, sino que le acarició la cabeza y le habló, pero en un idioma extranjero.

Al Laucha le hubieran resultado incomprensibles esas palabras si el chofer no hubiese oficiado como traductor, aunque se notaba que también era extranjero.

—Mi patrón quiere saber cuál es tu nombre, pibe. Dice que le caíste muy simpático. Se asombra de que —con tan pocos años— ya estés trabajando. El tiene un hijo de tu edad que sólo piensa en jugar... Ah, te felicita por tus modales y le gustaría volver a verte esta tarde —a las siete— cuando salga de la reunión de empresarios a la que vino y durante los tres días que dure su estadía en este país. Quiere que seas su "abrepuertas personal". ¿Aceptado?

Casi atragantándose la contestación —debido al afecto con que lo trataban y a lo insólito de la propuesta— el nene dijo que lo llamaban "El Laucha", que tenía ocho años, que era huérfano y que cómo no, que a las siete estaría allí, en su puesto. También al día siguiente a las nueve y —después— siempre puntual de mañana y de tarde, hasta que el caballero se fuera de la Argentina.

Cumplió con lo prometido. Y su labor fue premiada como nunca antes ya que —aparte de la abultada suma de dinero que fue a parar a sus bolsillos— el Laucha recibió —también— un par de *jeans*, un buzo, una campera y zapatillas de famosas marcas.

Después de la noche de despedida del señor extranjero —que le informó que regresaría a Buenos Aires tres meses más adelante— el muchachito se dirigió hacia la estación en la que acostumbraba a dormir dentro de un vagón de carga fuera de servicio, junto con su grupito de compañeros.

Cuando se sumó a los demás y les contó lo que le había sucedido, casi no le podían creer. Recién se convencieron cuando el Laucha colocó sus billetes en la caja donde recoletaban todas las propinas —para repartirlas en cifras iguales— y les mostró la ropa y calzado nuevos que cargaba en un paquete.

—El gringo me aseguró que —cuando vuelva— va a traerme una valija llena de prendas que su hijo ya no usa. Dice que tiene mi misma edad pero que es altísimo, así que hay una pila de camisas y pantalones que no le quedan.

Y esa noche, el Lauchita se durmió soñando con ese extranjero del que había recibido una de las pocas muestras de cariño en su breve vida.

No transcurrió siquiera un mes desde aquellos primeros encuentros con su ''padrino'' —como le hacía feliz imaginarlo— cuando su retorno a Buenos Aires lo tomó muy de sorpresa. Más —aún— porque la poderosa limusina en la que se desplazaba había ido en su búsqueda, de acuerdo con las palabras del chofer que continuaba oficiando de intérprete entre su patrón y él.

—Menos mal que nos dijiste cúal estación de trenes es como si fuera tu casa... De lo contrario, no hubiéramos logrado ubicarte, Laucha— le repetía el conductor. —El señor tuvo que viajar —de emergencia— para arreglar unos negocios y se hubiera marchado —muy decepcionado— si no conseguíamos localizarte. Viaja esta misma noche y nada lo satisfaría más que llevarte a dar un paseo...

Era la siesta de un viernes, momentos durante los cuales el Laucha abría y cerraba puertas en la vereda de la estación del ferrocarril, antes de trasladarse hasta el gran hotel. No era muy significativa la cantidad de dinero que allí podía reunir, pero tampoco eran esas las horas de mayor afluencia de turistas hacia el hotel.

—En el baúl está la valija repleta de ropa que te debía, nene, y un regalo fantástico... ¿Vamos a dar una vuelta, durante este ratito que tiene libre antes de partir?

El Laucha no lo pensó dos veces y subió —encantado— a la limusina. El extranjero le dio un abrazo de bienvenida.

¡Qué vehículo extraordinario! Teléfono, mini-televisor en colores, heladerita provista de bebidas...

Y fue —precisamente— una bebida, un delicioso refresco que tomó, lo último que el muchacho pudo registrar en el grabador de sus recuerdos de aquella tardecita.

A la par —y girando en su mente hasta esfumarse— la imagen del rostro repentinamente tenso, desencajado, tristísimo del extranjero.

No alcanzó a preguntarle el porqué. De golpe, se quedó profundamente dormido mientras el coche circulaba —a la carrera— rumbo a un aeródromo particular.

Cuando se despertó, el Laucha fue dándose cuenta —paulatinamente— de que se

BIANCHI

hallaba atado de pies y manos a una cama y en un lugar extraño.

Lo primero lo notó cuando intentó moverse y no pudo.

Lo segundo, al oír —a su alrededor— esas voces modulando un idioma indescifrable para él, tan desconocido como lo había sido el del señor de la limusina.

Un penetrante olor a desinfectante invadía el ambiente.

Trató de abrir los ojos, de gritar, pero no pudo. Advirtió que estaba como amordazado, con los párpados tapados. De boca y mirada en espantosa clausura.

Le ardían los brazos sobre la piel opuesta a los codos; le dolían mucho la naríz y la zona de la vejiga; la cabeza parecía partírsele. ¿Y esos sonidos tipo "bip-piribip-bip-bip" que oía sin saber de dónde provenían?

Si hubiera podido verse, el Lauchita habría comprobado que estaba —sí— aprisionado a una cama y dentro de una unidad de terapia intensiva hospitalaria.

Con la cabeza vendada al estilo de una momia. Con un tubo nasogástrico conectado a su cuerpo y a través del cual era alimentado en forma de fluidos. Goteos intravenosos en ambos brazos. Un catéter ubicado de modo de colectar la orina que producía su vejiga. Unido a cables que partían desde su tórax y se prolongaban hasta un monitor cardíaco. Con otro tubo insertado debajo de una clavícula para controlarle la presión...

Así estaba el pobre Laucha.

—¿Qué me pasó? ¿Dónde estoy? —pensaba, aterrado— ¿Estoy soñando o muerto? ¿Será este el infierno del que nos habla el cura de la villa donde vive mi amigo el Tano?

Horas después, el chico oyó pasos que se le acercaban. Más de una persona.

Entonces escuchó una versión de lo que le había ocurrido.

Todavía continuaba amarrado al lecho y en la misma situación que antes.

Le habló una voz que le sonaba vagamente familiar (¿la del chofer del señor extranjero, tal vez? Difícil asegurarlo. Ya no tenía la certeza de nada). La voz se dirigía a él en castellano y le anunciaba: —Sufriste un grave accidente en el mar, D.D. Una ola gigante dio vuelta de campana el velero en el que navegabas con gente amiga. Ellos salieron ilesos por milagro. En cambio... Esteee... Te rescataron inconciente, D.D. y así estuviste muchos días. Cráneo fracturado, hemorragia cerebral... ¿Cómo explicarte? Te mantuviste como un vegetal durante semanas. Hubo que operarte de urgencia. No sé si ahora está más claro lo que te pasó D.D. Una intervención cerebral, ¿se entiende?, pero lo peor ya quedó atrás, aunque aún tengas amnesia total y no recuerdes absolutamente nada de tu pasado. Ah... el golpe te afectó —también— el lenguaje. Olvidaste tu idioma materno pero —caso singular— no así el castellano, que te enseñó tu institutriz. No te asustes, D.D., los médicos son optimistas. Opinan que vas a recuperarte. Lenta y gradualmente, pero vas a recuperarte. Espero que hayas comprendido siquiera en parte lo que te conté, pequeño. Tus padres se lo pasan rezando por tu curación, al igual que tus compañeros de escuela. Pronto vas a estar de nuevo en casa. Paciencia, querido. Ya te quitarán el vendaje... las sondas... los tubos... En fin... que falta poco para que salgas de esta clínica, D.D.

El miedo que el Laucha experimentó al enterarse del suceso que (de acuerdo con lo que ese hombre la acababa de contar) lo había tenido a él como protagonista, fue indescriptible.

Espantado estaba; mucho, muchísimo más que en el momento de despertar.

Los pensamientos se le atropellaban unos con otros —confundiéndolo— y cada vez entendía menos.

Nada, en verdad.

¿Qué disparate era eso del accidente en el mar? Si él no conocía el mar...

¿Y por qué lo habían llamado D.D.?

"¡Yo soy el Laucha! Vivo en Buenos Aires; ¡no tengo padres ni voy a la escuela!", hubiera querido gritar. "¡Desátenme! ¡Sáquenme estas vendas; sáquenme de aquí!"

Pero no podía articular palabra alguna.

Entonces, un largo alarido le desgarró la garganta; un gemido como de indefenso animalito al que acorralan a palos.

De inmediato, alguien lo inyectó y el desesperado muchacho volvió a hundirse en el silencio y en las arenas movedizas de sus sueños.

Despertar y comprender que aún se hallaba en la clínica... ¡qué sensación horrorosa para el Lauchita!

Ya no estaba atado al lecho. Unas manos le quitaban el vendaje de la cabeza, mientras la voz de una mujer —entre sollozos— repetía: —D.D... ¡Oh, D.D.!— y la de un varón le hacía el coro.

¡Era la del señor extranjero que lo había invitado a subir a la limusina! ¡A su "padrino" podía identificarlo perfectamente!

Aterrado, el Laucha permaneció inmóvil durante los minutos que requirió la tarea de librarlo de vendas, tubos, sondas y demás instrumentos.

Al fin, se animó a abrir los ojos y a incorporarse —trabajosamente— en su lecho.

Miró en derredor, impulsado por una curiosidad insoportable, tan insoportable como su miedo y le pareció —entonces— ser el actor de una película de ciencia-ficción, de ésas que —a veces— proyectaban en el club de la villa donde vivía el Tano, especialmente para los chicos... pero que tanto éxito tenían entre los grandes. ¿Qué sabía él de unidades de terapia intensiva tan sofisticadas como aquélla? Capturado en una nave extraterrestre debía de encontrarse, rodeado de monstruos color verde Nilo que hasta botas usaban y en un ámbito rarísimo, colmado de aparatos y pantallas como las de los televisores.

¿Qué sabía el Laucha de uniformes de neurocirujanos y sus equipos de asistencia, de monitores producto de la más avanzada tecnología, puesta al servicio de la medicina?

Si ni siquiera le habían aplicado –jamás– una vacuna...

El Laucha recorrió con la mirada los rostros –semicubiertos por barbijos– de los seres que estaban apostados a los pies de su cama. Indudable: eran los ojos de "su" padrino los que lo contemplaban, llorosos. A su lado, una mujer que vaya a saberse quién sería. Ambos repetían: –D.D... Oh, D.D...

Recién entonces –aturdido– se dio cuenta de que sus piernas no eran las de él.

Ni sus brazos... ni sus manos...

Se rozó las mejillas, se tocó la frente.

Otras orejas, otra nariz, otros labios.

Casi aulló, pidiendo un espejo.

Alguien se lo acercó –con ademanes serenos– como si allí estuviera ocurriendo lo más natural del mundo.

En todos los que ocupaban el recinto, idéntica expresión de serenidad. Sólo podía percibir cierta expectativa de los otros por *su* conducta.

El Laucha tomó el espejo que le alcanzaron y se miró.

—¡Qué me hicieron, monstruos!— gritó, con toda su energía. —¿Qué me hicieron?

—¡Yo no soy D.D., soy el Lauch... So... —Sudando pánico, se desvaneció.

¿Qué era —exactamente— lo que había sucedido?

Habrá que asomarse a un precipicio. A su borde mismo. Tragar el vértigo como si fuese saliva. Acaso así pueda tolerarse la verdad de esta historia. Como expulsada de la realidad. Revelada bajo la factura de un cuento tremebundo.

La verdad: el secuestro del Laucha... su traslado desde la Argentina a otro país... el saqueo de su cerebro...

El despiadado plan del señor extranjero de la limusina, del "padrino", había resultado un suceso sin precedentes.

Su fortuna había comprado la complicidad del chofer-intérprete y del equipo de profesionales de la prestigiosa clínica especializada en transplantes. También, el juramento de secreto absoluto en torno a la siniestra intervención quirúrgica realizada.

—Al fin y al cabo— se justificaban, apantallando culpas— una miserable criatura se iba a transformar —nada menos— que en el hijo único del multimillonario matrimonio P.

El señor P. aseguraba —incluso— que lo había *elegido*, que le despertaba un gran cariño, que era como adoptarlo, aunque con incalculables ventajas que sólo valorizaría cuando creciera...

Y era lo suficientemente pequeño como para poder ir acostumbrándolo a otra identidad; para que aprendiera su nuevo idioma sin mayores dificultades; para que lo persuadieran de que había sido víctima de un accidente que afectaba su razón y se integrara a esa familia como miembro legítimo...

Además, ¿quiénes iban a reclamar la desaparición de un chico de la calle?; ¿quién, a desconfiar de los P?; ¿quién, a suponer que el cerebro de un muchachito argentino vivía ahora en el cuerpo de D.D.P., dentro de ese envase de carne y huesos, exclusiva propiedad privada de sus padres, a la que habían decidido conservar a toda costa.

¿Y el verdadero D.D.?

Ese desdichado había muerto —descerebrado— pocas horas antes de que raptaran al Laucha.

Su deceso se había producido como consecuencia del accidente en el mar, sí, pero sus relaciones lo ignoraban. Salvo los padres, el chofer y el grupo médico que se responsabilizó del transplante, todos creían que D.D. vivía.

D.D....

Mantuvieron su cuerpo con todos los órganos en perfecto funcionamiento (salvo el cerebro, claro) hasta que se resolvió el trasplante.

A familiares, a amigos, a la institutriz y al personal de servidumbre, se les dijo que D.D. padecía un estado de coma profundo, pero que alentaban esperanzas de recuperación.

También, que era probable que –durante un lapso impredecible– el daño que había sufrido el niño ocasionaría ciertos efectos desagradables, a pesar de la exitosa intervención quirúrgica a la que había sido sometido.

Por empezar, estaba amnésico –decían– no se reconocía a sí mismo ni a nadie y –misterios de la mente humana– sólo recordaba el castellano.

A duras penas hablaba y su vocabulario era limitadísimo.

D.D. necesitaría una inusual ayuda psicológica para superar su shock y volver a las actividades normales. Sin embargo –Somos gente de fe y aguardamos que nuestro hijo recobre su salud –comentaba el matrimonio P.

Lo que más les importaba era que D.D. –su único heredero de riquezas y apellido estaba con ellos.

Pasaron varios años. La pronosticada readaptación no se produjo.

Irrecuperable para el mundo exterior, el Lauchita circulaba por los laberintos de uno muy propio, inaccesible. Existía despegado de los demás y del entorno, como si fueran invisibles para él.

Su resistencia ante la crueldad a la que lo habían expuesto se había quebrado —por completo— aquel ya lejano día en que le permitieron contemplarse en el espejo.

Se desplazaba —silencioso— a través del parque de la mansión de los P. y sólo parecía reanimarse un poco cuando arribaba algún auto a la explanada interior de la residencia. Era entonces cuando podía vérselo corretear hacia allí —como descoyuntado— con el tiempo justo como para abrir y cerrar las puertas de los vehículos, mientras murmuraba: —El Laucha... Yo soy el Laucha...

✡✡✡✡✡✡✡✡✡✡✡✡✡✡✡✡✡✡✡✡✡✡✡✡✡✡✡✡✡✡

Parientes por parte de perro

La fábrica en la que –desde joven– trabajaba el padre de Manucho había cerrado, convirtiéndolo en un desocupado más entre tantos miles. Un desocupado de cuarenta y siete años, con mucha experiencia en su especialidad pero con pocas probabilidades de volver a conseguir un empleo similar al perdido.

¡Vaya si enviaba cartas, respondiendo a los ofrecimientos que aparecían en los avisos de los diarios! Sin embargo, en las escasas oportunidades en que lo citaban para una entrevista, los selectores de personal solían decirle que él era "exactamente el individuo indicado para este puesto... no obstante –como comprenderá– la empresa se decidió por alguien con las mismas habilidades... pero bastante menor que usted..."

De repente, su edad era un impedimento insalvable.

¿Qué hacer, cuando uno necesita, quiere trabajar, está muy capacitado para ello y el reingreso al mundo laboral parece accesible sólo hasta los treinta y cinco años?

Mientras insistía con los avisos y visitaba —para ofrecer sus servicios— a cuanto empresario había conocido durante sus décadas como capataz de la fábrica ahora cerrada, al buen hombre no le quedó otro remedio que aceptar algunas horas como conductor del taxi de un ex compañero y aunque con lo que ganaba allí apenas si alcanzaba para pagar el alquiler del departamento en el que vivían —"peor es nada" —pensaba. —Con tres hijos para mantener, no voy a andar haciéndome el exquisito...

—Vas a conseguir algo mejor —lo consolaba su mujer, que era maestra de escuela.

—Entretanto, ya nos la arreglaremos con mi sueldo... por más bajo que sea...

—Mamá— le dijo un día Manucho, mientras terminaban de cenar. —Tengo una idea que me viene dando vueltas en la cabeza desde que papi fue despedido: ...yo puedo trabajar.

Sus hermanitas lo miraron sorprendidas y entre risas.

—¿Pero quién te va a emplear con doce recién cumplidos, nene? —se burló la del medio.

—¡El portero, para que lo ayude a bajar las bolsas de la basura! —agregó la más chiquita.

Manucho no hizo caso —como de costumbre— de los comentarios de las niñas y prosiguió contando lo que había pensado.

—Por mi cuenta —dijo entonces. —Trabajador autónomo voy a ser. Mi propio patrón. Su mamá le sonrió con ternura al oír estas ocurrencias y el padre le acarició la larga melena ondulada mientras le preguntaba: —¿Y se puede saber cuál es el trabajo que elegiste?

—¡Pasear perros! ¿Acaso no soy yo el que saca al Bogart dos veces por día? —y señaló a su mascota, un gracioso animalito negro de raza indefinida y que dormía echado junto a la mesa. —¿Por qué no aprovechar esas salidas para hacer mi negocio, eh? Además, con lo que me gustan y con la cantidad de pichichos que hay en esta torre y en los edificios de la cuadra, ¡clientes no serán los que falten! ¡Miren, ya hice los cartelitos y los volantes con la propaganda!

Manucho sacó entonces —de abajo de su cola— un paquete que había usado como almohadón, lo abrió y mostró la pila de hojas y cartulinas que había escrito e ilustrado él mismo.

En los carteles —que eran para colocar en los negocios del barrio— y en los volantes listos para ser repartidos, podía verse un montón de perritos alrededor de la figura de un chico del que salía un globo de historieta. Ahí decía:

Señoras y señores: un perro que no sale a pasear todos los días es un candidato para los carísimos psicoanalistas. Yo, Manucho, les ahorro problemas y dinero ya que cobro mucho mas barato, aunque soy todo un experto paseador de perros. Consultenme por turnos y honorarios al teléfono 3225, en el horario de doce treinta a catorce horas, de lunes a lunes. Su mejor amigo se lo agradecerá.

Con las penurias económicas que estaban atravesando, al muchachito no le costó demasiado convencer a sus padres para que le permitieran empezar —ya al día siguiente— con su tarea de propaganda.

Claro que antes tuvo que prometer y re-prometer que no descuidaría los estudios, que sería muy puntual para recoger y devolver a los clientes de cuatro patas y que no iría con ellos a otra plaza que la que quedaba a tres cuadras de allí y —sobre todo— que tendría sumo cuidado al cruzar las calles.

Las hermanitas siguieron tomando en broma el primer trabajo de Manucho hasta que llegó la hora de ir a dormir: —¿Diariero? ¿Changador del supermercado? ¿Lavacopas? ¡Nooooo! ¡Tenemos nada menos que un "perrero" en la familia!

Algunas semanas después —para el asombro de las hermanas y la contenida emoción de sus padres— Manucho se encontraba trabajando "a todo vapor". A los vecinos les resultaba simpático; les despertaba confianza, debido a lo educado y responsable que era.

—Va a la escuela de mañana y trabaja por las tardes. Es todo un hombrecito —decían.

De lunes a viernes, siete eran los perros que llevaba a pasear después del almuerzo y seis los que lo acompañaban a las cinco de la tarde. Mejor dicho, ocho y siete, porque Bogart no se perdía ni una salida. Correteaba unos metros adelante de su dueño y de los demás animales, firmemente sujetos a sus correas. El no, él marchaba suelto —como siempre— y parecía ser el líder de los grupos hasta que llegaban a la plaza.

Sábados y domingos disminuía la cantidad de "clientes". Sólo tres o cuatro por turno, ya que cierta gente aprovechaba el fin de semana para irse a las afueras de la ciudad.

Y fue precisamente en uno de esos días de labor más aliviada cuando Manucho vio —en la plaza, y por primera vez— a aquella nena. Tenía más o menos su edad y se paseaba —distraída— detrás de una caniche blanca, atada a una larguísima correa. Que era perrita lo supo enseguida, porque su dueña la llamaba Milka.

Manucho se les acercó de inmediato, cautivado por aquella personita de cara de muñeca y trenzas pelirrojas.

Bogart lo siguió al trotecito. Ya comenzaba a olisquear a la coqueta caniche cuando la nena recogió rápidamente la correa y —de unos tirones— trajo a su perra junto a sí, a la par que le gritaba: —¡Fuera, bicho! ¡Fuera!

—Su nombre es Bogart —le informó Manucho a la alterada pelirroja. —Y es mío.

La chica lo miró de arriba a abajo.

—¿Y esos tres que te andan alrededor también son tuyos?

—No. Los saco a pasear.

—Ah, ya me parecía que no podían ser tuyos. Son de pura raza, como la mía, en cambio éste... —y señaló a Bogart con cierto desprecio.

—No tendrá pedigree, pero es un perro más inteligente que los otros tres juntos —le dijo Manucho, un poco molesto. —Y manso, además; no hace falta que protejas de él a tu Milka. No va a hacerle daño.

—Es por las pulgas. Seguro que está repleto de pulgas, aj.

Eso era más de lo que el muchachito podía soportar. Ofendido, se alejó de la chica sin despedirse y durante la media hora más que permaneció en la plaza no volvió a dirigirle la palabra. Sin embargo, un sentimiento nuevo comenzaba a manifestarse en él: la pelirroja lo atraía mucho, muchísimo, a pesar de sus modales altaneros. ¿Se habría enamorado? ¿Sería eso lo que la gente grande denominaba "amor a primera vista"? ¡Si ni siquiera sabía su nombre! ¡Ah, y también Bogart se sentía deslumbrado! No por la nena, claro, pero sí por Milka, a la que intentó —en

vano— aproximársele una y otra vez mientras estuvieron en la plaza.

La semana que transcurrió después de ese encuentro inicial, Manucho se la pasó pensando en la pelirrojita. Tenía la esperanza de volver a verla alguno de los días entre lunes y viernes, pero fue recién el domingo siguiente cuando la nena se presentó en la plaza, con su perra de larguísima correa.

Sin disimular su alegría, el chico corrió a su lado.

—Hola. ¿Cómo te va? La otra tarde olvidé preguntarte dos cosas...

—¿Qué?

—Una, si esa correa tan, tan larga que usa tu perrita es para remontarla como a un barrilete...

—Qué bo-bo... ¿Y la otra?

—Tu nombre... —le dijo, mientras se ponía un poco colorado. —Yo soy Manucho.

—Me llamo Graciana —le contestó ella y la inesperada sonrisa que acompañó su respuesta hizo que él se animara a invitarla a tomar helado.

Sólo le alcanzaba para comprar uno, de modo que tuvo que mentirle para que a la nena no le llamara la atención.

—Yo no puedo hoy. Me duele la garganta.

A partir de esa tarde, Graciana y Manucho volvieron a encontrarse en la plaza todos los sábados y domingos. Incluso, ella iba algún día de la semana, justo dentro de los horarios en que sabía que él estaría cumpliendo con su oficio de paseador de perros.

Ya no espantaba a Bogart. Es más, a veces hasta soltaba un rato a Milka y era cómico verlos juguetear a los dos, tan "perro-perro" él, tan coquetona ella.

Manucho se ilusionaba cada día más y ya no tenía ninguna duda acerca de sus secretos sentimientos: —Estoy enamorado —se decía. —¿Me animaré a declarárselo?

De todos modos, bien que Graciana ya se había dado cuenta y sacaba partido de la situación, la muy pícara. ¿Cómo? Pues aceptando todas sus invitaciones: para tomar helado o refrescos, no rechazando los pequeños obsequios que él le hacía, regalitos —casi todos ellos— de los que se proveía en el dormitorio de sus hermanas sin que las nenas lo advirtieran. Porque eran de ellas las figuritas que Manucho le daba a Graciana, los caramelos, las pulseras de hilo, los papeles de carta con bellos dibujos, los chiclets, las cintas para las trenzas, las revistas de historietas, las estampillas y hasta alguno de esos diminutos libros de bolsillo.

Manucho había sido capaz de convertirse en ladroncito con tal de agasajar a su primer amor. El pobre no podía gastar más que en dos o tres helados por semana; todas sus ganancias iban a parar al escuálido monedero de su mamá, pero se las ingeniaba para que sus hermanitas no notaran la falta de algunas de sus cosas. Jamás tomaba más de dos objetos iguales —por ejemplo—; y las chicas tenían tal variedad de chucherías...

Una tarde de sábado, media hora antes de salir a buscar a sus "clientes", Manucho decidió que iba a escribir una carta para Graciana, confesándole que estaba re-enamorado y que le proponía que fueran novios.

—Si espero a decírselo cara a cara —pensaba —nunca voy a tener el coraje suficiente.

Además, ya estaba seguro de que ella también se interesaba en él.

—Qué nervios, Bogart. Voy a ponerme de novio —le decía a su perro, mientras caminaban por la calle rumbo a las casas de los "paseanderos".

Cuando llegaron a la plaza, Graciana ya estaba allí recorriendo los senderos en bicicleta.

Raro. Aparentemente no había llevado a Milka. ¿Estaría enferma? ¿Accidentada? Manucho llamó —entonces— a su amiga.

Con una mano agitaba el sobre en el aire, mientras que en la otra aún tenía sujetas las correas del grupito de perros.

Bogart retozaba a sus anchas.

Graciana pedaleó muy ligero y pronto estuvo junto a su amigo. ¿Qué le traería en esta oportunidad?

—Te escribí, Gra. Quiero que leas esta carta y que me contestes —y Manucho se la entregó, con un leve temblor.

La chica disimuló la curiosidad:
—¿Viste que no traje a Milka? —le dijo, como quien no quiere la cosa.

—Sí... iba a preguntarte... pero... yo... —balbuceaba. —La carta... es... urgente...

—¡Ya voy a leerla, apurado! Antes, una novedad increíble: ¡Milka está esperando familia!

—¿Milka va a tener cachorros? ¿Y quién es el papá?

—Un misterio. No tenemos la menor idea.

Al hablar, Graciana se abanicaba con el sobre. Manucho se impacientó.

—Habrá que esperar. La carta, Gra.

—Bueno; sí, sí, ya va; ahora, tu carta.

Y la chica rasgó el sobre y la sacó. Colorado hasta las orejas —que le hervían— Manucho se puso a jugar con los perros para aliviar su nerviosismo. Ni de reojo miraba a Graciana, tanta timidez lo había tomado por asalto y de golpe.

A los dos minutos, la risa de su amorcito fue como un baldazo de agua sobre su rubor. Y lo que ella le dijo —apenas terminó con la lectura del mensaje— le hizo llenar los ojos de lágrimas.

Fue tragándoselas —a duras penas—. Le silbó a Bogart, recogió a los demás perros y dio por acabado el paseo de esa tarde.

Se sentía mareado.

De mandíbulas apretadas; tremendamente triste, regresó a sus respectivos domicilios a cada perrito y —por fin— llegó a su casa con Bogart detrás y el alma en las zapatillas.

Cada palabra de Graciana parecía repiquetear en sus oídos con el mismo enojo con que había sido pronunciada momentos antes. "¿Pero qué te creíste, plomo, que yo iba a ser tu novia por las pavadas que me regalaste? Para que sepas, *mil* compañeros de patinaje sobre hielo y del club de equitación están locos por mí... ¿y me voy a fijar en un pobre paseador de perros? ¿A quién se le ocurre? Chau; que te vaya bien, delirante."

Graciana había hecho un bollo con la carta y la había arrojado a un charquito, antes de montar de nuevo en su bicicleta y disparar hacia otro sector de la plaza.

Cuando la madre vio a su hijo tan decaído se alarmó.

—¿Qué te pasa, Manu? ¿Te duele algo?

"Humillado estoy; sufro mucho, mami" —hubiera deseado decirle. Pero negó todo y permaneció callado, reprimiendo las ganas de echarse a llorar entre los brazos de su mamá.

Esa noche, tuvo un poco de fiebre. El domingo amaneció empapado en sudor. Entonces el padre envió a la hermanita del medio para informar a parte de la clientela que se suspenderían los paseos de los perros hasta nuevo aviso. A los que contaban con teléfono, él mismo les comunicó la noticia.

—Hasta mañana, reposo en cama, Manucho. Y si la fiebre no baja llamamos al médico.

El estado febril aumentó. Cuando el médico fue a visitarlo, al chico ya se le había declarado una fuerte gripe.

Lo encontró demasiado flacucho para su edad, algo débil, por lo que la mamá resolvió que —hasta las vacaciones de verano— no volvería a trabajar.

—Ha sido demasiado esfuerzo, nene. Y no te preocupes por el dinero; papá tiene un buen trabajo en vista. Veremos...

Retornó a la escuela ocho días después, repuesto pero aún con la sensación de tristeza que le había provocado la actitud de Graciana.

—No quiero verla más —pensaba— aunque... ¿Cómo hago para desenamorarme? Para evitar cualquier encuentro con ella llevaba a Bogart a otra placita de las inmediaciones.

Dos meses más tarde, en la caminata de regreso a su casa se detuvo —como electrizado— frente a las amplias vidrieras de una veterinaria.

Atrás de los cristales y dentro de un cajoncito repleto de aserrín, dos cachorritos idénticos a su propio perro.

Parecían dos réplicas de Bogart, pero en miniatura y con algunas manchitas blancas salpicadas sobre las cabezas y lomos. Colgado del cajón un cartel:

"SE REGALAN ESTOS PRECIOSOS MACHITOS MESTIZOS. TRATAR AQUI."

—Sentado, Bogart. Ya vuelvo —le indicó a su mascota la vereda del local y entró en él como una ráfaga.

Al rato, ya había averiguado lo que presentía. El veterinario le dijo que esos cachorros los había llevado "una nena pelirroja que vive cerca de aquí. Son cruza de su finísima caniche blanca con un perro vagabundo. Pero muy graciosos, ¿no te parece? Si vas a adoptar uno necesito que vengas con alguna persona mayor de tu familia, para que te de el permiso. Ya me pasó otras veces que los chicos se encantan con los cachorros que regalo y después los padres se los tiran por ahí...

—¡Son los hijitos de Bogart! ¡No podemos dejarlos abandonados, mami! —empezó a insistirle Manucho, después de contar a su familia la historia del "casamiento" de Bogart (muy resumida —por cierto— y con el episodio de su enamoramiento cuidadosamente auto-censurado...)

Y bien. Uno de los cachorros fue bautizado como Garbo (casi Bogart al "vesre") y se incorporó a la casa de Manucho. El otro lo recogieron unos vecinos del edificio, que estaban desconsolados por la muerte reciente de su adorado fox-terrier.

—¡Qué suerte! —repetían Manucho y sus hermanitas —así vamos a poder verlo seguido.

Con las vacaciones de verano, Manucho quiso retomar su labor como "paseador de perros". Su mamá lo autorizó, aunque sólo por un turno y de lunes a viernes. "Gracias a Dios" —como ella solía decir— el padre había conseguido un empleo importante y ya no era necesario que Manucho colaborara con la economía familiar. Si al hijo le encantaba esa tarea y además, ganaba unos pesos para sus propios gastos, ¿por qué impedírselo?

De modo que volantes y carteles con la propaganda de los servicios de atención "perruna" se desparramaron por esquinas y comercios del barrio.

Debido a ello, Manucho recibía bastantes llamados telefónicos, por lo que —aquella siesta de domingo— no bien sonó la campanilla, le pidió a una de sus hermanas que —por favor— atendiera y dijese que él regresaba en media hora.

—Dale, sé buenita; estoy en el capítulo más interesante de esta novela...

La hermana atendió a desgano. Enseguida, gritó:

—¡Marina te espera en el teléfono, nene!

Manucho "voló" hacia el aparato. Era —nada menos— que Marina, su más bonita e inteligente compañera de toda la primaria, ésa por la que todos suspiraban.

Atendió contento.

—Hola. Soy yo. Qué sorpresa, Marina.

—¿Cómo te va? ¿Estabas durmiendo?

—No. Leía.

—Bueno, te llamo por el cachorrito que ofreciste al grado... ¿Lo tienen todavía?

—No... Lo regalamos a unos vecinos...

—Qué lástima. Lo soñaba para mí... Pero no pude pedírtelo antes, Manucho: recién hoy —después de tanto ruego— mi mamá me dio permiso para adoptarlo.

—Bueno, no te aflijas; como consuelo podrías venir a mi casa cuantas veces quieras, Marina, y jugar con Garbo. Digamos... que te lo presto.

—¿Te parece que vaya ahora?

A partir de esa tarde y a medida que el tiempo fue pasando, Marina llegó a ser una visita frecuente en el departamento de Manucho. Iba a jugar con el cachorro y el muchacho también acostumbraba a ir a la casa de ella, con libros a cuestas, ya que los dos eran muy lectores de cuentos y novelas y los compartían.

Disfrutaban estando juntos, mucho; muchísimo.

—Marina, ¿te gustaría ser mi socia en el trabajo de paseador? —le preguntó Manucho una mañana.

—¡Fantástico! ¿Pero qué es lo que tengo que hacer?

—Acompañarme de lunes a viernes a cumplir con el turno que corresponde... Te doy la mitad de lo que gano, ¿sí?

—¿Quién está pensando en la plata ahora?, tonto, lo que me encanta es que así vamos a encontrarnos *todos* los días...

"Qué audaz esta Marina. Se largó a decir lo que yo hubiera tardado un año...", se dijo Manucho.

Pero no era el mensaje completo, porque la nena agregó: —De paso, voy a vigilarte en la plaza, para que no mires a ninguna otra... Soy muy celosa.

"Zas" —el muchacho estaba azorado—. "¿Ya somos novios y yo todavía no me había dado cuenta?"

El atardecer de un viernes muy ventoso de principios del otoño, Marina y Manucho —como lo habían hecho durante todas las vacaciones— se ocupaban de recoger a sus "clientes". Entre ellos, también traveseaban Bogart y su hijo, ya crecidito.

De pronto, Marina pegó un grito: —¡Eh, Manucho; ahí, un perrito igual a los tuyos! ¡Es igualito!

Era Graciana la que lo llevaba y se les acercó, sonriente. Sujetaba dos correas: la larga-larga de su caniche blanca y otra más corta. En el extremo de ésta, una perrita negra y con manchitas blancas salpicadas sobre cabeza y lomo.

—Como era la única hembra que tuvo Milka me dejaron quedarme con ella —explicó enseguida, a la par que se alegraba al enterarse del destino corrido por los otros dos cachorros y verlo allí a Garbo, tan saludable.

La que no se alegró demasiado por el encuentro fue Marina. Durante el camino de regreso a sus casas se lo pasó protestando, por lo que consideraba una traición de Manucho.

—¿Por qué me ocultaste que conocías a esa chica —maldito— y todo lo demás, eh?

—Porque ella no tiene ninguna importancia para mí. Aquí —y el muchacho se señaló el corazón —sólo hay espacio para Marina. Ah, pero eso sí, y espero que lo entiendas y no tengas pataletas de celos; Graciana y yo *siempre* vamos a ser parientes por parte de perro, ¿no te parece?

El tren fantasma

Me encantan los parques de diversiones. En el ''De la Luna'' —por ejemplo— establecido a escasos minutos del centro de mi ciudad, paso ratos muy entretenidos en compañía de mis hijos.

Con gusto los llevo, aunque me costó animarme a volver a entrar a un sitio como éstos. Mucho. Muchísimo.

Cuando tenía ocho años dejé de pisar este tipo de parques, debido a una horripilante experiencia que ahora voy a contar para mis hijos.

Ellos debieron implorarme —casi— para conseguir que los llevara al ''Parque de la Luna'' y quiero que— algún día— conozcan la causa de esa negativa que lograron vencer con la contundencia de sus: —¡Dale, mami!, ¡dale, mami!

El ''Argenpark'' se había instalado en mi pueblito natal de las afueras de Rosario, anunciando su debut.

La discreción, la prudencia, el pudor y —sobre todo— el no perjudicar a inocentes, me impide dar el nombre de aquella localidad santafesina.

Baste decir que allí *ocurrió* lo que me apresto a revelar.

Zona de granjas, asiento de chacareros, lugar de cría de ganado en pequeña escala era mi pueblo. Una comunidad tranquila, compuesta por un reducido conjunto de habitantes que —de repente— vio alterado su "aquí no pasa nada", a partir del arribo de aquel "Argenpark" al que me referí antes.

Creo que durante la semana entera que prolongó su permanencia entre nosotros, no hubo familia que no lo visitara, ni criatura que no saliera fascinada y con ganas de retornar allí una vez más.

—¡Una vez más, mami; hoy es el último día! ¡Vamos!; ¿sí?

Todavía me recuerdo, insistiéndole a mis padres para que me llevaran nuevamente. Lo mismo hacían mis hermanos.

—Hoy no es posible, lástima, chicos... Se acabó la plata para los juegos.

—¡Pero esta noche hay entrada libre y gratuita para todos! ¡Y no cobran boleto para ningún entretenimiento! ¡Es el regalo de despedida del "Argenpark"! ¡Desde las veintidós a las veinticuatro —hora de cierre— todo gratis!

Este argumento —que era verdadero—

los convenció, al igual que a casi toda la gente del pueblo.

Por eso, repleto estaba el parque durante los ciento veinte minutos finales de su estadía entre nosotros.

Desde un potente altoparlante, música y anuncios: —¡Adelante, niños y niñas! ¡Adelante, damas y caballeros! ¡Bienvenida, distinguida clientela! ¡Adelante! ¡Dos horas de esparcimiento sin pagar un centavo! ¡El "Argenpark" —en el nombre de su dueño— los invita a usar los juegos sin necesidad de sacar boletos! ¡Adelante! ¡Adelante!

Podría jurar que todos los habitantes del pueblo se habían dado cita allí, tan largas eran las hileras que se formaron —enseguida— frente a los distintos stands de tiro al blanco, de pesca de pelotitas, de magia y malabarismo, de "adivine su futuro" y otros pabellones por el estilo. Claro que las colas más extensas empezaban junto a los portoncitos de acceso a "la vuelta al mundo", "la montaña rusa", "los autitos chocadores", "el tren fantasma"...

Separados y esperando turno para subir a cada uno de estos últimos juegos, mis padres, mis cuatro hermanos y yo.

Antes de proponer, de elegir y de votar —porque nunca nos poníamos de acuerdo— convenimos en que nos reencontraríamos a las doce, debajo del mástil central del parque, donde flameaban decenas de banderines multicolores.

Los dos nenes menores se habían decidido por la vuelta al mundo, junto con mi mamá.

La más chica, fue con mi padre a los autitos chocadores.

El mayor de mis hermanos se siguió sintiendo atrapado por el vértigo de la montaña rusa y yo —como lo había hecho en las dos oportunidades anteriores de asistencia al parque— aguardaba —ansiosa— mi viaje en el tren fantasma.

Aunque me había muerto de miedo a lo largo del trayecto por esos túneles oscuros de cuyos techos colgaban plantas fosforescentes, arañas, serpientes e hilos que nos rozaban la cara al paso de cada vagoncito descapotado, el tren fantasma me atraía fuertemente. Igual que los cuentos de terror.

Ah... pero lo que me había erizado la piel como la de una gallina pelada, era la fugaz visión de aquellos siete esqueletos de distintas dimensiones que —de súbito— se alzaban iluminados de sus ataúdes, dispuestos en los lugares más estratégicos.

¡Y qué decir de los cinco monstruos, seres desfigurados hasta la exageración, que también se aparecían —de golpe— en el momento menos pensado y amagaban tocarnos!

¡Y cómo describir los alaridos, los gritos horripilantes que todos ellos emitían, entre grotescas contorsiones!

Tan perfectamente confeccionados estaban los elementos de decoración y tan ex-humanos parecían los muñecos cadavéricos y deformes, que yo descreía de las palabras de mi mamá: —Son de plástico, de goma, de soga, de trapo, nena; realizados por un eximio artesano, eso sí, pero... ¿cómo decirte?... juguetes diseñados para asustar y nada más...

Ya me correspondía subir a uno de los vagoncitos del inquietante tren fantasma, cuando una señora que estaba detrás de mí con su sobrina me preguntó si no le cedía el turno, que así ella podía acompañar a la niña y que después de ambas también se encontraba esperando una chica sola como yo —pero más grande— que bien podríamos compartir el paseíto...

Los pequeños vagones eran de dos plazas, así que contuve mi ansiedad y me comporté "como una señorita", postergando mi ingreso al tren para la vuelta siguiente. Jamás hubiera imaginado que ese acto de cortesía al ceder mi turno...

Pero no deseo adelantar los acontecimientos.

Ocupados —ya— los doce vagoncitos que se aprestaban a circular por el complejo sistema de vías que formaban el recorrido a través de los túneles, se oyó el silbato que indicaba la partida del convoy.

Eran alrededor de las doce menos veinte. Casi medianoche.

Mi ocasional compañera y yo calculábamos que estaría próximo el fin de esa anteúltima vuelta del tren fantasma, cuando todo el parque quedó envuelto en la más peluda oscuridad. (Casi podía tocársela, quiero decir.)

Adentro de los túneles —y como era usual— continuaba el frenesí de chillidos y la gritería de muñecos y pasajeros.

Asistidos por parlantes precariamente manuales, distintas voces informaban al público que se mantuviera en su sitio, que sólo se trataba de un desperfecto eléctrico, que de inmediato sería subsanado.

—Ufa, un corte de luz justo ahora; ¡qué rabia! —exclamé— y los poquitos que aún permanecíamos en la cola nos pusimos a hacer bromas, a cantar, a silbar... Cualquiera de estas actitudes nos ayudaba a ahuyentar la sensación de estar a merced de las sombras.

La gente apostada frente a otros juegos hizo lo propio. Así, los cinco minutos que duró el apagón se nos volaron.

Fue un alboroto cuando la luz volvió a iluminar el "Argenpark" y la música a amenizar la velada.

Oímos que el trencito estaba funcionando otra vez. Ya pronto saldría por la boca del túnel opuesto al que había ingresado.

Y bien. Los vagoncitos empezaron a surgir bajo los focos que alumbraban el cartel de "Salida". Uno pegado al otro —como siempre— pero —en esta oportunidad— a una velocidad insólita.

Como una exhalación pasó el tren a

B I A N C H I

nuestro lado y volvió a hundirse en el laberinto de túneles. Entre los mismos gritos y alaridos que se habían dejado oír —antes— desde el interior.

Y a esos gritos y alaridos se sumaron los nuestros, los de todos los que fuimos testigos del veloz paso del convoy, de su reaparición —casi instantánea— hasta que se detuvo frente a nosotros.

Comprobamos que nuestra vista no nos había engañado.

Los doce vagones ocupados por veinticuatro pasajeros, la cantidad que había partido. Pero —ahora— la mitad de ellos eran los esqueletos y los monstruos que habitaban los túneles.

Cada persona —criatura, joven o adulta— que conservaba su asiento en cada coche, estaba en compañía de alguno de aquellos seres espeluznantes.

De brazos rodeándoles los hombros estaban.

Desmayados o presas de ataques de nervios todos, mientras que los engendros parecían haber cobrado vida propia y aullaban y se reían a carcajadas.

Huí de allí despavorida, entre un grupo que intentaba rescatar a sus doce parientes de los vagones y otro que se internaba en los túneles —enloquecido— clamando por los otros doce que no habían vuelto a emerger.

Un nuevo corte de luz sumió en el

pánico a la multitud que llenaba el "Argenpark".

No deseo abundar en detalles acerca de la confusión que se produjo, de las corridas a tientas, de los encontronazos y tropezones entre quienes escapábamos sin saber hacia dónde, de los desesperados pedidos de socorro, de los gemidos, del terror –en suma– que se había expandido por el parque con la celeridad de un relámpago.

Debió de haber transcurrido una media hora hasta que la policía, los bomberos y las ambulancias del hospital llegaron al lugar. Nunca se supo quién o quiénes lograron alertarlos.

Cuando tornó la luz, el "Argenpark" ofrecía un espectáculo estremecedor. Heridos y contusos por todas partes. Médicos y enfermeras iban y venían, proveyendo asistencia.

Yo lloraba, cobijada –como mis hermanos– entre los brazos de mis padres, cuando el comisario del pueblo informó –por el altoparlante– que la situación estaba bajo total control de las fuerzas de seguridad.

Amanecía.

–Estimados vecinos –dijo– acompaño en el sentimiento a quienes han perdido parte de su familia en el tren fantasma y ofrezco toda la atención posible a los que resultaron afectados.

A aquellos que han tenido la fortuna

de superar —sin mayores perjuicios— esta catástrofe, les ruego que vayan despejando el parque y regresen a sus domicilios.

Mañana les explicaré —en profundidad— el extraño suceso que se desencadenó aquí. Todavía no estoy habilitado porque debo respetar el secreto del sumario. Sólo puedo agregar... ¡que Dios nos ampare!... y perdone al causante de esta tragedia. Buenas noches. Mejor dicho, buenos días...

Durante el mes que siguió a aquella terrible jornada, el único diario de la localidad abundó en información acerca de lo ocurrido en el "Argenpark".

Conservo los recortes de entonces, con los que mi mamá armó una voluminosa carpeta, tan ajada y amarillenta ya.

El fotocopiar y pegar en este cuaderno siquiera algunas de aquellas noticias, me va a eximir del doloroso trabajo de contar hechos que aún me dañan al evocarlos.

Les he cortado el nombre de la publicación y taché toda referencia al pueblo donde sucedieron, por las razones que ya expuse al iniciar este relato.

Aquí están:

TRAGEDIA EN EL "ARGENPARK" - PRIMERA NOTA

Ayer a la medianoche —en momentos en que el parque de diversiones que nos visitaba se hallaba colmado de concurrencia— acaeció un acontecimiento del que no se registran precedentes en la dilatada historia de nuestro pueblo.

Testigos directos de la catástrofe, declararon al periodismo local que la misma se originó en el entretenimiento denominado ''El tren fantasma''.

Después de una de sus últimas vueltas a través de los túneles que lo componen, los aterrados testigos que esperaban su turno para subir vieron que cada uno de los doce vagoncitos estaba ocupado por alguno de nuestros vecinos, pero que habían desaparecido los acompañantes con quienes habían iniciado el recorrido.

En su lugar —y animados como seres vivos— iban los siete esqueletos y los cinco monstruos que —hasta ese instante— habían sido considerados como muñecos por toda la comunidad asistente.

El caso es que no lo eran y —lamentablemente— lograron escapar con rumbo desconocido, no bien se produjo un total apagón.

Todavía no se han obtenido otros informes por parte de la policía que entiende en el caso.

TRAGEDIA EN EL ''ARGENPARK'' - QUINTA NOTA

Tal como adelantáramos en nuestra edición de ayer, los cuerpos de doce de nuestros vecinos (seis adultos, tres jóvenes y tres niños) fueron extraídos por los bomberos de los túneles del tren fantasma.

Cada uno de los desafortunados —cuya nómina tenemos el penoso deber de publicar en recuadro aparte— se encontraba ubicado en los mismos sitios en los cuales —hasta que se desató la tragedia— podían verse a los supuestos muñecos del horror.

Expresamos nuestras sinceras condolencias a las familias que han sufrido tan sensibles pérdidas y nos adherimos a su duelo.

TRAGEDIA EN EL "ARGENPARK" - SEXTA NOTA

Otro macabro hallazgo hizo la policía. Un cadáver, entre los matorrales que cubren la zona que se abre a pocos kilómetros del lugar donde se había instalado el parque de diversiones.

Se trata de los restos mortales del señor Recaredo Baibiene de ochenta y cinco años de edad y dueño del establecimiento en cuestión quien —a juzgar por los indicios recogidos en el lugar— se suicidó descerrajándose un tiro en la boca.

Fuentes autorizadas nos han asegurado que dejó una carta para las autoridades judiciales, cuyo contenido no estamos —aún— en condiciones de anticipar.

TRAGEDIA EN EL "ARGENPARK" - SEPTIMA NOTA

Hondas escenas de consternación popular se vivieron durante la mañana de ayer, cuando fueron inhumados los restos de nuestros doce queridos vecinos en el cementerio local.

Nos solidarizamos con el dolor de las familias y relaciones de los extintos y rogamos una plegaria a sus memorias.

TRAGEDIA EN EL "ARGENPARK" - NOVENA NOTA

Como primicia exclusiva para nuestros lectores, se reproduce —a continuación— el texto completo de la carta de Recaredo Baibiene que —como recordarán— era el único propietario del parque de diversiones.

SEÑOR JUEZ:

Soy el responsable de lo sucedido en el tren fantasma y me enorgullezco de ello.

He logrado —tras setenta años— cumplir con el juramento que me hice en este mismo pueblo, en el que nací y en el que viví mis primeros quince, junto con mi amada familia.

Si indagan en los registros parroquiales y civiles de aquella época; si averiguan entre los habitantes más antiguos; si investigan en el viejo cementerio lugareño; no les será difícil llegar a la conclusión de que no miento.

Mi familia —Baibiene Ulloa— estaba compuesta —entonces— por trece miembros: mis padres, tres abuelos, dos tíos, tres primos jóvenes, más mis dos hermanitos menores y yo.

Vivíamos en una amplia casona de la que no quedan vestigios, según pude observar en éste, mi primer y último regreso a...

Donde ella se alzaba se levanta —en la actualidad— la capilla.

Mis abuelos y mi mamá ejercían el oficio de curanderas.

De mi padre y de uno de mis tíos se decía que eran manosantas.

Mis primos y yo nos ocupábamos de recolectar yuyos y otras plantas con propiedades medicinales, además de cazar sapos y culebras que eran utilizados por nuestros mayores en su trabajo de sanar a los demás.

Mi tía y mis hermanitos colaboraban con la limpieza de la sala donde se recibía a quienes llegaban a nuestra casa, en busca de ayuda para sus males del cuerpo o del espíritu.

Mi abuelo solía cantar ciertas oraciones con propósitos curativos.

Todo nos iba muy bien hasta que una mujer despechada —la misma que mi papá había dejado como novia para casarse con mi madre— no soportó más la envidia que la carcomía a causa de nuestra felicidad y lanzó a rodar el rumor de que éramos brujos, que en mi casa se ejercían prácticas de magia negra, que de esas influencias diabólicas no estaba libre ninguno que se nos aproximara y que —por lo tanto— constituíamos una grave amenaza para el pueblo.

Este maléfico rumor se

propagó como un incendio y fue con un incendio —que provocaron intencionalmente anónimas manos asesinas— como acabaron con mi casa y con todos mis seres queridos.

—Milagrosamente, yo salí ileso de entre las llamas, con apenas algunas quemaduras de menor importancia.

Enloquecido de dolor, de furia, de impotencia, escapé de este maldito... sin que nadie lo supiera y jurando venganza.

Por cada uno de los míos habría de morir alguien aquí, todos al mismo tiempo y gracias a la intervención de mis almas familiares, que ultra poderes tenían, qué duda cabe.

No me interesaba el tiempo que tuviera que aguantar hasta cumplir con mi juramento.

Y bien. Dediqué toda mi vida a amasar la riqueza que me permitiera llevar a cabo mi plan. El éxito de mi empresa le consta, ¿eh?

Por fin, el domingo pasado, los queridos espíritus de mi familia pudieron ejecutar la venganza.

En cuanto termine esta carta voy a suicidarme para reunirme con ellos en la otra dimensión.

Mi vida no tuvo otro sentido que el de hacer pagar a seis adultos, tres jóvenes y tres niños de este condenado... las injustas muertes de mis padres, mis tres abuelos, mis dos tíos, mis tres primos y mis dos hermanitos.

Pido que no se implique en la masacre a ninguno de los empleados de mi "Argenpark". Ellos ignoraban mi historia pasada, mis proyectos secretos, así como tampoco conocían los túneles del tren fantasma.

Yo creé, mantuve y manejé personalmente ese juego durante el breve lapso que permaneció montado el parque y que ahora dejo en herencia para todos ellos.

FIRMADO:

Recaredo Baibiene

TRAGEDIA EN EL "ARGENPARK" - 12ª NOTA

Entre las ropas del finado Recaredo Baibiene se encontraron documentos que resultaron auténticos y que prueban su identidad.

TRAGEDIA EN EL "ARGENPARK" - ULTIMA NOTA

La cuadrilla de bomberos y policías que procedieron —en la tarde de ayer— a excavar las vetustas tumbas de la familia Baibiene— Ulloa en el cementerio local, se mostró azorada al no hallar resto alguno de los doce miembros de la misma allí enterrados.

En la docena de ataúdes que —supuestamente— conservaban los cadáveres calcinados, no había —siquiera— rastros de cenizas.

Un misterio que jamás será revelado y que avivó el espanto en toda la comunidad, ante la presunción de que los siniestros espíritus continúen en libertad en el mundo nuestro.

A Recaredo Baibiene se lo introdujo —por las dudas— en un féretro inexpugnable y que será depositado en la sacristía de la capilla, a fin de que pueda ser permanentemente sometido a vigilancia.

Bien. Con un hondo suspiro retomo mi relato y lo concluyo con otro —más profundo, si cabe— esperanzada en que mis hijos comprendan el porqué de mi fobia insuperable al tren fantasma, juego al que no logran hacerme subir ni que me lo pidan de rodillas.

La leyenda del Río Negro [1]

I) Donde se habla de la región en la cual tuvo su origen la leyenda

Varios ríos atraviesan la Patagonia de la República Argentina.

Es una vasta región surera de este país, de largos y helados inviernos.

Varios ríos compiten —desde hace siglos— en una permanente carrera hacia el mar.

Varios ríos deslizan por los valles sus frías aguas de cuna cordillerana. Entre ellos, el río Negro, que en cada una de sus peligrosas crecidas suele olear al aire la leyenda de su nacimiento.

Aúlla —entonces— el Negro y su voz de hielo desmigajado salpica el amplio valle por el que circula. Una y otra vez cuenta su historia.

---

[1] Versión libre y recreación literaria de la leyenda homónima.

En vano. Ninguno comprende su lenguaje. Porque... ¿quién es capaz de descifrar las voces del agua indígena?

II) Donde se presenta a los Mapuches [2]

Sin embargo, hubo un tiempo en que sí. Y fue cuando a los verdaderos dueños de aquellas tierras les quedaban lejos el espanto, el despojo y la muerte. Esos, que un día les llegarían a caballo de los invasores-caras-pálidas.

Porque hubo un tiempo que les perteneció a los mapuches, a esa "gente de la tierra" que creía en el Dios N-guenechen, su único dueño.

Y ellos entendían el idioma de sus ríos. Por eso, de padres e hijos, de generación en generación fueron narrando lo que las aguas aullaban. Por eso, y porque —felizmente— la lengua mapuche fue traducida al castellano, hoy puedo yo contarte esta leyenda.

---

[2] Así se llaman a sí mismos los integrantes de las comunidades aborígenes del suelo americano que son nativas del extremo austral de éste: especialmente, de Chile y de Argentina.
Suele denominárselos —también— araucanos porque provenían de Arauco, zona chilena que abandonaron atravesando la Cordillera de los Andes para radicarse en regiones que abarcan las actuales provincias argentinas del Neuquén y Río Negro en particular.

III) Donde se cuenta de la amistad entre Limay y Neuquén

El ovillo legendario se empieza a devanar con el nacimiento de Limay y Neuquén, dos simpáticos muchachitos mapuches. Y de la punta de ese ovillo tiramos para enterarnos de que sus familias se habían afincado en las proximidades del lago Nahuel Huapi.

Neuquén vivía con su tribu más o menos hacia el norte del lago, lugar del que su padre era el valeroso cacique.

Limay habitaba —también con su tribu— un poco más al sur, región de la que su padre era (otra vez "también") el valeroso cacique.

Ambas familias cultivaban la tierra con gran dedicación y los muchachos ayudaban en las cosechas. También colaboraban en la cría de gallinas y en la esquila de las llamas.

Entre tanta labor, no era demasiado —pues— el tiempo libre del que Neuquén y Limay disponían para hacer lo que más les gustaba: encontrarse para gastar las horas juntos, cazando y traveseando a su antojo.

Habían nacido con escasos meses de diferencia, por lo que eran amigos desde la infancia. También —desde la infancia— los dos sentían que la libertad era lo más hermoso que les sucedía, tanto como la amistad que les amarraba corazón a corazón.

—Somos amigos hasta la muerte...

—aseguraba Neuquén.

"Más allá de la muerte..." —pensaba Limay.

Si bien los dos eran auténticos mapuches, los jóvenes se distinguían bastante entre sí. En apariencia y en carácter.

Por ejemplo, Neuquén era larguirucho, puro músculo, ojos de cóndor, muy audaz y de generosa carcajada.

Limay —como la otra cara de una misma moneda— bajito, de cuerpo y facciones que le hacían parecer más pequeño de lo que en realidad era, de mirada ingenua y sonrisitas que apenas permitían adivinarle los dientes. Un tímido incorregible.

Más de una vez, Neuquén tenía que zamarrearlo si quería que su amigo abandonara esos prolongados silencios en los que solía caer como si fueran pozos.

IV) Donde se produce el encuentro de Limay y Neuquén con la bella Raihué

Una tarde, en la que ambos se hallaban arrojando piedras sobre el espejo del lago —para ver cuál de los dos lograba la mayor distancia desde la orilla— los conmovió un canto que nunca habían oído hasta entonces. Se miraron, extrañados.

Un bello canto. Dulce a más no poder. Surgía desde el cercano bosque de arrayanes.

Sin decidir —aún— si esos sonidos eran emitidos por algún pájaro raro o los desgranaba una voz humana, Limay y Neuquén se encaminaron hacia el lugar desde el cual partía esa cascada musical.

De hombros enlazados iban. Ansiosos por descubrir quién era capaz de cantar así.

Avanzaban entre los árboles con sigilo. Trataban de no alterar la calma de aquella voz con su inesperada presencia.

De pronto, los dos se detuvieron y permanecieron como estacas durante un buen rato. No podían creer lo que estaban viendo: a unos metros de ellos y ajena a toda otra cosa que no fuera su cantar, una preciosa jovencita. De largas trenzas negras y recostada contra un tronco. Y cantaba con una energía tal y su voz era tan conmovedora que varios animalitos estaban mansamente echados a su alrededor, como insólito auditorio.

V) Donde se presenta el espíritu del viento

La niña continuaba cantando y hasta el viento —que hasta momentos antes había silbado a gusto, como de costumbre— se había callado, de seguro fascinado —también— por aquel canto.

Ah... el viento... Sólo él sabía cuánto amaba a esa muchachita que pertenecía a otra de las tribus mapuches de la zona... Sólo él conocía el dolor que le causaba verla crecer y pensar en que ya no estaría lejano el día en que habría de casarse...

BIANCHI

Se conformaba —entonces— dándole las caricias de sus dedos de aire.

¡Y había que ver cómo le soplaba el manto que la cubría desde los hombros a las rodillas; cómo jugueteaba sobre su pelo o cómo intentaba arrebatarle el chal que ella llevaba, apenas sujeto con un alfiler! (Claro que todas esas demostraciones jamás las hacía mientras la chiquilina cantaba... Eso sí que no: él adoraba su canto.)

Ignorante de la pasión que había despertado sin proponérselo, la jovencita seguía cantando y el espíritu del viento atrapado en su amor imposible, cuando Neuquén no pudo evitar un grito.

Fue un grito de admiración el suyo, tanto por la hermosura de la melodía como por la de quien la entonaba.

Limay se sobresaltó, silenciosamente embobado como estaba ante la visión de la niña. El viento también y reanudó —entonces— sus agudos silbidos, celoso al darse cuenta de que dos muchachos estaban contemplando a su amada.

Fue recién en ese instante cuando Raihué —que así se llamaba la chica— advirtió que ese lugar a donde siempre iba a cantar en soledad se había convertido en un improvisado teatro silvestre. Dos jóvenes mapuches la observaban embelesados... (Claro que no podía saber que el espíritu del viento gemía —ahora— por eso mismo...)

Ya se disponía a escapar —asustada

por esos desconocidos– cuando Neuquén –ágil como un ciervo– corrió a su lado y la detuvo en su sitio. La prendía de un borde del chal –con firmeza– a la par que la tranquilizaba al decirle: –No temas. Ninguno de nosotros va a hacerte daño... Escuchábamos tu canto, eso es todo. Nos maravilló...

Raihué lo miró –entonces– algo asustada todavía, mientras Limay se acercaba al lugar del encuentro caminando lentamente.

–¿Cuál es tu nombre, muchacha? –le preguntó Neuquén.

El corazoncito de Limay se estremeció en cuanto estuvo frente a la chica y oyó que respondía: –Raihué... Me llamo Raihué...

¡Era verdaderamente preciosa!

–¿Qué otro nombre más adecuado para ella que Raihué? –pensó entonces.

–Flor Nueva le han puesto... Flor Nueva... –seguía pensando. –Existen pocas cosas en este mundo que sean tan hermosas como una flor recién nacida.. Raihué... Raihué... –se repetía mentalmente.

Y a partir de ese momento, Limay sintió –por primera vez– que estaba enamorado.

Porque amor debía de ser –nomás– esa sensación que le mordía el alma.

Entretanto, Neuquén comenzaba a experimentar exactamente lo mismo que su compañero.

Y sin que ninguno de los tres lo sospechara, el viento los rodeaba. Muerto de celos.

Su furia fue tanta que quiso descargarla ahí mismo, en forma de un imprevisto ventarrón.

Neuquén, Limay y Raihué salieron disparando —entonces— cada uno para su tribu, no sin antes prometerse que volverían a encontrarse en el mismo lugar. —¡Dentro de tres lunas; no lo olviden! —gritaba Neuquén al alejarse del bosque.

VI) Donde se cantan las aventuras y desventuras de los jóvenes enamorados

A partir de aquella tarde, muchas fueron —entonces— las veces en que Limay, Raihué y Neuquén se encontraron a las orillas del lago Nahuel Huapi.

El espíritu del viento los espiaba, siempre descargando su pena transparente en repentinas ráfagas que asombraban a los tres indiecitos.

Porque ninguno de los tres podía adivinar lo que —en realidad— estaba pasando a su alrededor desde el día del encuentro y cada vez que lo repetían.

Tampoco, ninguno de ellos adivinaba —aún— los verdaderos sentimientos que los tres alentaban en silencio.

El caso es que tanto Limay como Neuquén se habían enamorado perdidamente de Raihué, aunque no se animaran a confesárselo ni a sí mismos.

Raihué —en tanto— ni se daba cuenta

de esa situación que la tenía como involuntaria protagonista. Ella quería a los dos muchachos por igual: no había en su trato hacia Limay o Neuquén el menor signo de que prefiriese a uno o al otro.

Si eran tan distintos...

Si la trataban con idéntica ternura...

Si ella ni soñaba —aún— con que se aproximaba la fecha en que habría de elegir entre ambos, porque los tres crecían y sus familias esperaban una boda...

Y era natural que la esperaran: Limay, Neuquén y Raihué pertenecían a diferentes clanes y ésa era la condición para buscar esposa o marido: que no fuera del mismo clan. Además, todos conocían el afecto que los tres jovencitos se profesaban. Raihué debería decidirse —alguna vez que ya se presentía cercana— por uno de ellos.

A medida que los días pasaban, Limay y Neuquén comenzaron a sentir que una rajadura imperceptible lastimaba sus corazones y abría una distancia en su "vieja" amistad.

Ya casi ni se hablaban durante los encuentros a orillas del lago, ya que ahora el motivo principal de los mismos era sólo ver a Raihué.

Ya no les atraía el compartir las horas como los amigos que habían sido.

Rivales eran. Su hermandad se iba perdiendo —sin remedio— frente a la sorpresa de sus respectivas tribus, que no acertaban a comprender la causa de la enemistad.

VII) Donde se narran los fantásticos episodios ocurridos a Limay y Neuquén por su amor a Raihué

Fue así como —cuando la tierna relación de Limay y Neuquén parecía estar a punto de desbarrancarse en la nada —cada una de sus familias decidió consultar a un machi.

Los machi (mujeres o varones) eran los respetados consejeros al que cada grupo acudía en busca de auxilio, en caso de enfermedades del cuerpo o del alma; de cualquier problema al que no podían solucionar. Eran considerados curanderos, adivinos, sabios.

Y bien. Se consultó —pues— a dos machi. Las familias de Limay y Neuquén se enteraron —entonces— de la razón del distanciamiento de ambos muchachos, de la hostilidad entre ellos: nada menos que la bella e inocente Raihué.

—Que sea Raihué misma quien decida cuál muchacho prefiere, aunque no sepa que está decidiendo... —dijo una machi.

—Que sea ella la que elija a uno de los dos, sin saber que está eligiendo... —sentenció la otra.

Y ambas adivinas estuvieron de acuerdo en que había que preguntarle a la jovencita qué era lo que más deseaba en el mundo, ya que las dos pronto habían descubierto el secreto que atesoraba el almita de Raihué: querer por igual a Limay y a Neuquén. ¿Cómo pretender —entonces— que escogiera a uno de ellos para casarse?

—Pregúntenle a Raihué qué es lo que más desea en el mundo. Eso deberán conseguir los jóvenes enamorados como prueba de sus sentimientos. Y aquel que lo consiga primero o lo traiga antes y se lo entregue a la muchacha como prenda de amor, ése será su esposo —así aconsejaron las machi, cada una por su parte.

—Nunca vi el mar... —exclamó Raihué cuando le preguntaron qué era lo que más deseaba tener. —Nada me encantaría más que poseer una caracola, para oír su canto al menos... Dicen que las caracolas encierran los rumores del mar...

Ella ignoraba —por supuesto— que con sus palabras acababa de sellar los destinos de sus queridísimos amigos. No sabía que Limay y Neuquén iban a ser sometidos a una tremenda prueba para decidir su casamiento.

Cuando se enteró, ya era tarde para evitar la desgracia.

Porque Limay y Neuquén habían sido transformados en sendos ríos. Esas eran las fantásticas transfiguraciones que les habían impuesto las fuerzas de la naturaleza a pedido de las machi. Como ríos, podrían cumplir con el trabajo de llegar al mar a buscar la caracola.

Pocas veces fue tan preciada una caracola... El primero que la lograse y regresara con ella para ofrendársela a Raihué, la conquistaría como esposa.

VIII) Donde se refiere el padecimiento de Raihué a causa de los celos del espíritu del viento

A la carrera andaban por los anchos y profundos valles los dos muchachos transformados en ríos —en sus desesperados intentos de alcanzar el mar— cuando el espíritu del viento volvió a intervenir, más celoso que nunca. Temía que alguno de ellos —Limay o Neuquén— consiguiera su propósito.

De aliento quebrado, se lanzó —entonces— a murmurar —todas las noches— alrededor de la casa de Raihué.

Ah... sólo la pobre entendía sus murmullos, porque él así lo había determinado. De lo contrario, su plan sería un fracaso.

—Te aseguro que no volverás a ver ni a Limay ni a Neuquén... —le murmuraba constantemente. —No regresará ninguno de los dos... El mar está poblado de mujeres mucho más bellas que Raihué... Mucho más bellas —insistía. —Son las estrellas caídas, tonta, frente a las cuales no hay hombre que pueda resistirse... Limay y Neuquén dejarán de pensar en Raihué en cuanto las conozcan... Nunca volverán aquí... Serán hechizados por esas maravillas marinas y se quedarán —por siempre— prisioneros en el fondo del mar... Nunca volverán a tu lado —Raihué— nunca...

Y fueron seis las lunas que la muchachita vio brillar sucesivamente, mientras soportaba el dolor de la triste suerte que envolvía a sus amigos.

Y fue durante esas seis noches que el espíritu del viento continuó torturándola con sus mentirosos rumores...

IX) Donde concluye la tragedia que da origen a la leyenda del Río Negro

Durante la séptima noche de angustia —de luna llena y volcada sobre su casa —Raihué sintió que debía de hacer algo para impedir la muerte de Limay y Neuquén.

Sin que ninguno de su tribu lo advirtiera, abandonó —entonces— su lecho y escapó de la casa.

Como alucinada echó a correr rumbo al lago Nahuel Huapi.

Cuando llegó a sus orillas, cayó casi desmayada. Pero aún tuvo fuerzas como para elevar sus ojos y sus brazos al cielo y musitar una plegaria: —"Dios N-guenechen —mi único dueño— te ruego que tomes mi vida a cambio de las de mis amados amigos... Aquí los conocí: aquí te pido que me concedas el pedido y que los salves..."

La culpa —que no le correspondía— la ahogaba sin embargo, cuando intentó finalizar su plegaria con un canto, el mismo que había entonado aquella lejana tarde en que conociera a Limay y Neuquén.

No pudo. Y sólo la luna fue testigo de su muerte, si es que se produjo. Porque lo que cuentan es que el cuerpo de la bella indiecita no fue jamás hallado y que en el sitio donde únicamente encontraron su manto, había brotado una flor nueva. Otra.

También cuentan que el espíritu del viento —horrorizado por su proceder— se abalanzó con todas sus energías sobre los ríos Limay y Neuquén. Ambos —separadamente y sin enterarse de nada— continuaban sus carreras rumbo al mar.

El viento les confesó —entonces— lo sucedido y les juró su arrepentimiento. Después —soplándolos con renovada fuerza— logró desviar el curso de ambos hasta juntarlos estrechamente en un solo río.

Y fue así como Limay y Neuquén unieron en un mismo dolor sus brazos de agua.

Ya en eterno abrazo, prosiguieron su ruta hacia el mar, volviendo a fundir sus corazones en la misma amistad de la infancia.

Limay y Neuquén, "amigos hasta la muerte", "amigos más allá de la muerte", dieron origen —entonces— al Río Negro.

El Río Negro... ese que en cada una de sus peligrosas crecidas suele olear —al aire— la leyenda de su nacimiento.

☆☆☆☆☆☆☆☆☆☆☆☆☆☆☆☆☆☆☆☆☆☆☆☆☆

Vale por dos

Tal como lo hacía los sábados, Goldi recorrió —bolígrafo en mano— la sección "AMIGOS POR CORRESPONDENCIA" de "PEN-DEX", su revista juvenil favorita. Leía cada aviso con mucha atención.

Ya se carteaba con siete chicas que —al igual que ella— rondaban los doce, trece años.

¡Y qué feliz se sentía por haber entablado esas amistades postales!

Si bien contaba con una única "mejor amiga" (Flavia; su prima y compañera de escuela, con la que se encontraba a diario), era hermoso poder comunicarse con quienes vivían muy lejos de su casa, en otras provincias del país e —incluso— en el extranjero.

No pasaba semana sin alguna carta esperándola sobre el pequeño escritorio de su cuarto. Tampoco pasaba ninguna sin que ella fuera hasta el correo para remitir su correspondencia.

Para Goldi, la posibilidad de relacionarse con criaturas de su edad a través de mensajes escritos, cuidadosamente ensobrados y estampillados, era tan importante como respirar. No sólo porque le encantaba volcar sus sentimientos y pensamientos sobre papel, ni por todo lo que conocía acerca de las vidas que se desarrollaban en sitios distantes y ni siquiera por el fabuloso intercambio de fotos y noticias de los artistas preferidos que podía realizar con sus siete amiguitas lejanas.

No. La necesidad de Goldi tenía raíces profundas y tan subterráneas como las de los árboles de las veredas de su barrio.

Por empezar, sólo por carta podía ser "Bertila Bassani", firmar con sus verdaderos nombre y apellido en vez de usar el odiado apodo de Goldi...

"Goldi"... Aj, "Goldi"... Nada que ver con una deformación de la palabra inglesa "gold" y que significa oro, a pesar de la catarata de rulos dorados que le enmarcaban la bella carita... Ese sobrenombre le traía —ahora— recuerdos que la hacían sufrir. Y cuánto. Porque provenía de la abreviatura de la defectuosa pronunciación de su primera niñez, cuando en vez de repetir "gordita" —tal como la llamaban en su familia— ella decía "Io me iamo Goldita"... Y todos festejaban su gracia infantil, empinada sobre un rotundo sobrepeso.

Pero... ¿Qué les interesaba su figura, lo gorda—gorda que —en realidad— ella era a sus amigas del alma, ésas con las cuales establecía puentes de verdadero afecto a partir de su *ser Bertila* y sin padecer el aislamiento al que la condenaban sus kilos de más, entre los niños que la conocían personalmente?

Sus corresponsales la valoraban tal cual era: una mujercita de notable inteligencia y extraordinaria sensibilidad. Aunque —por las dudas, pensaba— "ni loca les confieso que soy gordísima; capaz que son tan prejuiciosos como todos los demás y se burlan y me dejan de lado".

Para evitar cualquier decepción, Goldi les enviaba —entonces— fotografías de su prima Flavia, una estilizada y atractiva muchachita morena a la que sólo se le parecía en el blanco del ojo. Al pie de los retratos, firmaba —invariablemente— "Bertila".

Flavia estaba enterada de la pasión de Goldi por la correspondencia, pero ignoraba que sus fotos iban a parar a tantos lugares con una identidad supuesta.

Si lo hubiera sabido —y tanto como quería a su "primiga", como le decía, mezclando sílabas de prima y amiga en amorosa ligazón— de seguro que le hubiese aconsejado que contara la verdad, que se mostrara sin mentiras, que no valían la pena amistades apoyadas únicamente en el aspecto físico.

—Claro, para Flavia no es un drama su apariencia... —pensaba Goldi. —Qué fácil le resulta aconsejarme que esto y que el otro... Si ella estuviera encerrada dentro de las carpas de circo que son mis vestidos no opinaría lo mismo. ¿O acaso no es testigo de las bromas hirientes que me hacen los compañeros del grado?: "¿Cómo te tejieron, gorda; con qué punto, con qué lana? En las revistas publican indicaciones acerca de cómo tejer un 'gordo', como pullover para el invierno... Pero... ¿cómo se teje una gorda?". Hipopótama, me dicen; lechona; ballenato, gorda bachicha, vaca enrulada, reventona, panceta rubia, gordinflonita... y apenas llego al colegio, responden con una seguidilla de "Joinc, Joinc" a cada uno de mis "Hola"...

¿Y quién me saca a bailar en las reuniones? Nadie. ¿Y qué chico me invita a ir al cine —aunque sea— que en la oscuridad no se ve mi gordura y sólo tendrían que aguantar mi acompañamiento visible durante las cuadras de ida y de vuelta hasta mi casa? Ninguno. ¿Y cuándo me mandaron un mensaje romántico? Nunca.

Nadie. Ninguno. Nunca. Ni saben quién soy de la piel para adentro.

Si hasta Kasumi Murase —nuestro compañero japonesito que es tan respetuoso— exclama al verme aparecer: "Ahí viene rodando la futocho" que —en su idioma natal— esta palabra que rima con bizcocho (mmmh, qué ganas de probar unos de grasa...) esta palabra —digo— significa "la gorda"...

El caso es que todas estas dolorosas reflexiones solitarias le producían a Goldi tantos deseos de comer que —en vez de renunciar durante un rato al menos— a ingerir alimentos, le quintuplicaban el apetito. Y la nena asaltaba la heladera de su casa, hasta tapar la angustia con lo que hallara comestible.

Su familia —compuesta por personas de peso equilibrado con la estatura— empezaba a preocuparse un poco... pero no tanto: "Si la gorda es tan graciosa... Adorable... Siempre nos hace reír con sus ocurrencias... Además, tan inteligente..."

Y fue debido a su inteligencia que Goldi imaginó lo que imaginó —bolígrafo en mano— ese sábado en que recorría —atenta— la sección "Amigos por correspondencia" de su revista juvenil favorita.

Escribirle a un varón. Eso. Intentar el encuentro con un "príncipe azul" siquiera por carta. ¿Por qué no?

—Re-boba soy —se decía. —¿Por qué lo pienso recién hoy?

Sin embargo, tuvo suerte.

Entre el casi centenar de avisos de oferta de corresponsalía, detectó uno que la sedujo: "*Me llamó Kevin Wilson Martínez del Parral y tengo trece años. Soy escorpiano. Me deliro por la música y la poesía. Practico futbol y natación. Pretendo la amistad de una chica distinta de todas. Me super coparía escribirme con alguien muy especial; única. Abstenerse privadas de libertad y quienes no persigan fines serios. Bienvenidas las extraterrestres. Mi domicilio es:* (y aquí se consignaba una dirección de la ciudad de

Montevideo, República Oriental del Uruguay).

Goldi recuadró y recortó este aviso. Navegó en sus fantasías durante un rato, imaginando un futuro romance postal y —a continuación— escribió su primera carta para un varón.

Decía así:

HOLA, KEVIN:

Elegí tu aviso —entre el montón que publicaron en la Revista ''Pen-Dex'' este sábado— y quiero enumerarte por qué, respondiendo en orden a cada una de tus condiciones:

1 — A mí también me fascinan la música y la poesía. Toco la guitarra, la flauta dulce y el charango. Compongo poemas y algunos los transformo —después— en canciones, gracias a la colaboración de mi prima Flavia. Ella inventa melodías.

2 — No es por presumir, pero creo que soy un ejemplar único y muy especial. Las razones me las reservo. Ya las irás descubriendo, si es que te interesa que seamos amigos por correspondencia.

3 — No estoy presa y la amistad es —para mí— un asunto muy serio.

4 — A veces, me siento como una extraterrestre entre mis mismos compañeros. ¡Ni qué decirte entre la gente mayor!

5 — De acuerdo con el zodíaco pertenezco a Piscis. La astrología asegura

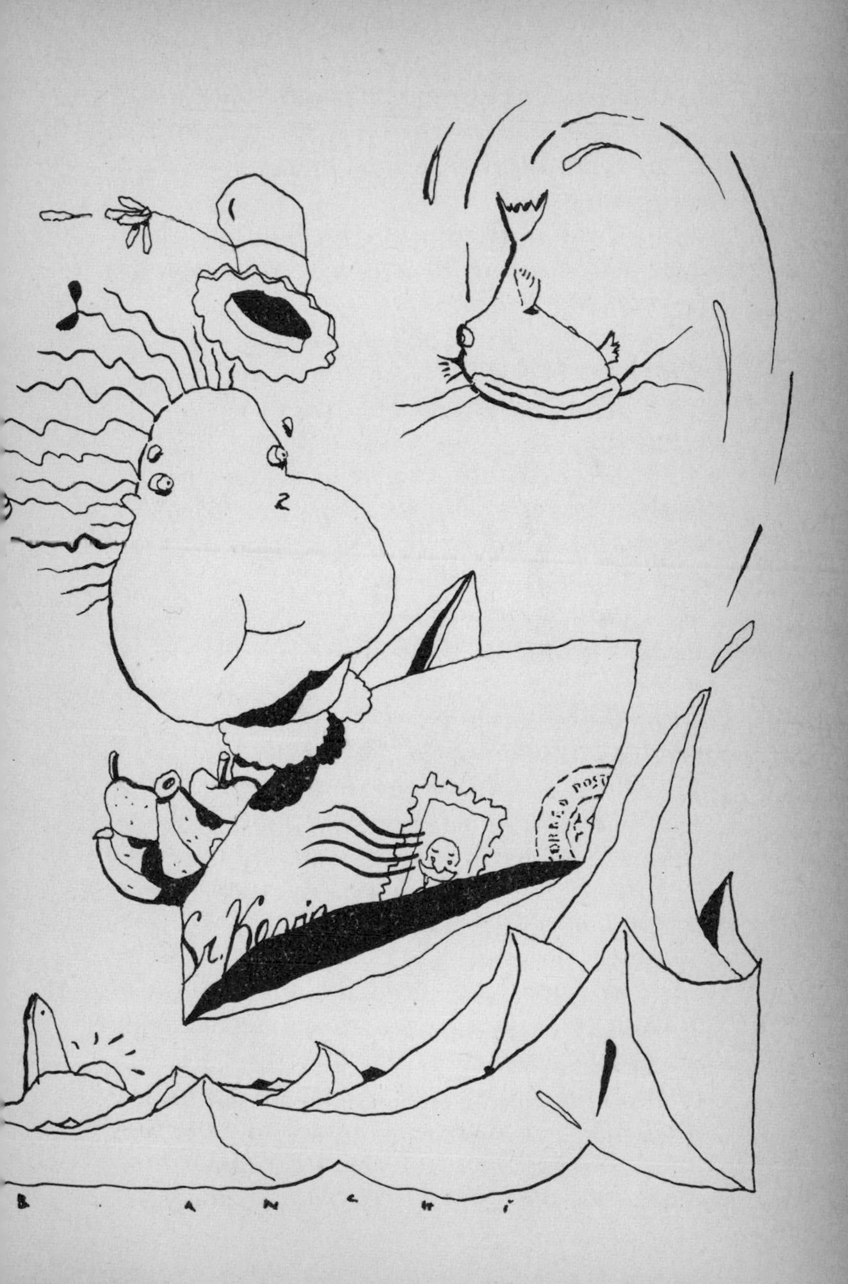
Sr. Keorin
CORREO
POST
BIANCHI

que Escorpio es el signo más afín al mío, siempre que —como en este caso— se trate de un varón escorpiano y una chica pisciana y no a la inversa.

Bien. Sólo me falta agregar que me llamo Bertila Bassani, que tengo doce años y vivo con mi familia (papá, mamá y dos hermanos mayores que me hacen la vida imposible: Ivo, de 17 y Leonardo de 15).

Curso el último grado de la escuela primaria.

Ah, olvidaba decirte que adoro tu ciudad. Estuve en Montevideo para los carnavales de hace tres años y guardo recuerdos muy hermosos.

Ahora me despido.

Cariñosos saludos, Bertila.

P.D.: Ojalá me respondas. Serías el primer amigo uruguayo que tengo.

2da. P.D.: Los datos de mi domicilio los verás al dorso del sobre y —por las dudas— también te los anoto en una de las tarjetitas personales que me regalaron cuando cumplí los diez.

A partir del momento en que Goldi envió su carta para Kevin, se le antojó que los días comenzaban a ser inacababales. ''No necesito morirme para caer en la eternidad —pensaba—. Esta espera lo es.'' Y entonces redoblaba sus raciones durante desayunos, almuerzos, meriendas y cenas y —entre medio— apelaba a refuerzos de chocolates, alfajores, caramelos, etc.

"¿Me escribirá o no? ¡Ay, que sí, y que lo haga rápido!"

La ansiedad seguía aumentándole el apetito. Resultado: subió tres kilos y medio hasta que llegó esa carta que tanto aguardaba.

Goldi estaba en la escuela cuando el cartero la dejó en su casa. La recibieron sus hermanos. Por eso, cuando la nena regresó ya habían curioseado estampillas, matasellos y remitente. Se morían de risa.

—¿Así que ahora te escribe un muchacho uruguayo? —le dijeron agitando el sobre de Kevin como un pañuelo y pasándoselo de uno a otro para demorar —"¡los malditos!"— la entrega correspondiente.

—Ah... ¡La gorda tiene novio en Montevideo!

Furiosa, Goldi tuvo que esforzarse bastante para arrebatarles la carta que le pertenecía. Enseguida, tomó tres bananas de la frutera y corrió a encerrarse en su cuarto. Allí la leyó, emocionada hasta decir basta:

Copio el encabezamiento de tu carta y te digo: ¡Hola, Bertila! Fuiste muy franca al no ponerme "querido". La gente grande se "distinguidea", se "estimea" y —a veces— hasta se "querideа" por correspondencia, cuando ni se conoce. Lo sé porque veo las cartas que reciben mis padres —que son abogados— y muchas empiezan también con

''De mi mayor consideración'' (¿qué querrán decir exactamente?). Buah.

''Bertila es única'' —me dije, al leer y releer tu lindísimo mensaje. —Es despierta, sensitiva, divertida. Pero no quiero mentirte: única —también— fue tu carta; la única que recibí. Ah, te digo que ignoro todo acerca del zodíaco, así que no te hagas demasiadas ilusiones con eso de Piscis y Escorpio. En mi aviso incluí mi signo porque mi tía es una fanática de los astros y cree que es un dato fundamental.

En casa sumamos seis: un padre más una madre (de los que te hablé antes) y tres hermanitos menores que yo y que —como yo— también tienen nombres que sé que a los argentinos les parecen raros pero la elección en ese aspecto es —aquí— libre. Uno se llama Milton Washington (de nueve años), el otro, Franklin Dumas (tiene cinco) y por fin se termina con Fiesta Cívica (de casi dos) y puse ''por fin'', porque si la nena no aparecía, seguro que mis padres eran capaces de seguir buscándola aunque antes tuvieran un ejército de varones. ¡Y cómo la esperarían que la bautizaron Fiesta Cívica, no sólo porque nació el día de nuestra independencia y así decía impreso en el feriado del almanaque, en el lugar que colocan a los Santos, sino porque su llegada fue una verdadera fiesta *para todos. Es una consentida, te imaginarás.*

A otra cosa: curso el primer año del

liceo. No me va muy bien con los estudios. Mi papá dice que le dedico todo el tiempo a la música, a leer sólo lo que se me antoja y a los deportes. No es cierto. Pasa que no me siento cómodo en el secundario. Me enlío con tantos profesores y materias distintas. Mi mamá opina que ya me voy a acostumbrar, que a ella le ocurrió lo mismo a mi edad y que recién empezó a disfrutar del liceo a partir de segundo año. Me gustaría que me mandaras tu foto, así puedo imaginarte cuando lea tus cartas. En la próxima voy a enviarte una mía. Mientras tanto, te anticipo cómo soy: mido un metro sesenta y me apodan ''El flaco'' Tengo pelo y ojos castaños y muchas pecas en la cara y en los brazos. Yo tampoco quiero presumir pero dicen que soy pintón, ejem.

¿Me copiarías algunas de tus poesías?

Mañana comienza el campeonato intercolegial de fútbol. Yo integro el equipo de mi escuela: soy wing-izquierdo, así que —por esta tarde— voy a terminar aquí porque debo ir al entrenamiento.

Espero rápida contestación.

Un beso (sobre tu mejilla, ¿eh?) y hasta pronto.

Kevin.

A partir de los dos primeros mensajes de presentación, la correspondencia entre Goldi y Kevin comenzó a hacerse tan frecuente que —en pocos meses— ambos contaban con varias docenas de cartas.

Goldi las atesoraba en un secreto que sólo compartía con Flavia. Estaba radiante. Escaso tiempo había necesitado para conquistar el afecto de Kevin y sentir un gran cariño por él. Casi podría decirse que se conocían desde siempre, tal era la confianza con que se escribían y la verdadera corriente de amistad que fluía entre ellos.

—Nena, Kevin está enamorándose... —opinaba Flavia al leer las cartas que —cada vez— incluían frases más claras al respecto.

Goldi simulaba no darse cuenta pero lo cierto era que ella también. Y aunque esta sensación nueva la llenaba de alegría, una nubecita de tristeza solía nublar sus ensueños: "Le mentí a Kevin. Una sola mentira, pero mentira al fin. El cree que la que le sonríe desde las fotos que le despaché soy yo... Si Flavia se entera me mata... Sí. Ya sé que él se flechó por mí, por cómo soy, que en contarle mis cosas jamás lo engañé... pero me imagina con la cara y el cuerpo de Flavia... Si supiera que es esta gorda, una "futocho" la que le deslumbró el corazón... Menos mal que vive en Uruguay y no tiene ocasión de toparse conmigo ni por casualidad..."

Por casualidad, no, pero Goldi no preveía la posibilidad: un viaje... especialmente para verla en persona...

¡Casi se desmaya al leer aquella carta que se lo anunciaba, coincidente con el principio de las vacaciones de verano!

“Querida Bertila:

¡Voy a darte una noticia fantástica! Pasado mañana viajo con mi papá a Buenos Aires. Llegaremos en el vuelo del mediodía. El tiene que partir —de improviso— para hacer unos trámites en los tribunales. Tanto le insistí en que me llevara que —por cansancio— me dijo que sí. Nos alojaremos en el Hotel Montana durante los tres días que durará nuestra estada allá. ¡Salto de contento! ¡Por fin vamos a conocernos personalmente, mi amorcito!

Te ruego que me llames por teléfono al hotel —ya que ustedes no tienen línea— y así combinamos nuestra primera cita!

¡Hasta prontito, preciosa!

Tu Kevin”

Goldi sintió que diciembre se le desmoronaba sobre la cabeza.

Al borde de un nuevo ataque de gula, se apresuró a reunirse con Flavia.

“Es mi única salvación. Estoy frita si Kevin me ve... tiene que ir ella en mi lugar, a esa condenada cita...”

—¿Yo? Ni loca, nena —le dijo Flavia, bastante indignada, cuando supo que su prima había enviado fotos suyas y que le pedía presentarse ante Kevin como si fuera Bertila Bassani.

—¿Qué te cuesta actuar algunas horitas, eh? ¿Acaso no vas al curso de teatro? Dale, Flavia; sé buena. Además, estás al tanto de todo mi romance por carta...

—¡Sí, pero no sabía que a *tu* romance le habías puesto *mi* cara!

—...y tu... tu cuerpo...

—Arrégleselas como pueda, señorita embrollona. ¿Quién le mandó ser tan falsa?

Y ni las lágrimas de Goldi lograron hacer variar la decisión de Flavia de no prestarse al juego de intercambio de roles.

Así fue como —entonces— a la desesperada Goldi no le quedó más remedio que enfrentar la situación.

¿Cómo? Pues telefoneándole a Kevin como si ella fuera Flavia. Total, aún no se conocían las voces.

—Lo lamento mucho —le dijo— pero mi prima Bertila salió de vacaciones hace tres días, apenas recibió tu carta. No tuvo tiempo para escribirte. Me dijo que iba a hacerlo desde Bariloche. Fue para allá con el grupo de séptimo grado, en viaje de graduación...

El viaje figuraba en los proyectos de Goldi, pero recién iba a realizarse en enero... y Kevin lo recordó:

—Pero si Bertila me contó que la partida estaba planeada para enero...

—Hubo una modificación de último momento... Y yo no pude ir porque participo en una obra de teatro que se va a representar la semana próxima...

—Qué rabia; quién sabe cuándo voy a tener otra oportunidad de viajar a Buenos Aires... Soñaba con ver a tu prima... Le traje unos regalitos, Flavia. ¿Me harías el gran favor de encontrarte conmigo para que te los entregue? Reviento si –encima de no verla– tengo que llevármelos de vuelta...

–Claro que sí, Kevin; no tengo ningún inconveniente.

–¿En qué lugar se te ocurre? Conozco poco y nada esta ciudad...

–A la vuelta de tu hotel hay una casa de hamburguesas. "Mac Fierro". ¿Te parece que nos juntemos allí, esta tarde a las cinco? Es un lugar muy simpático y lleno de jóvenes.

–Perfecto. Pero... ¿Cómo nos vamos a reconocer?

–Yo vi tus fotos, Kevin. En cuanto a mí... esteee... ¡soy una de las chicas más gordas que habrás visto en tu vida! Imposible que no me distingas, aunque el local esté colmado... Además, tengo el pelo rubio, largo y muy ondulado y me pondré un vestido celeste.

Durante el tiempo que se prolongó la estadía de Kevin en Buenos Aires, Goldi y él lo pasaron juntos casi de la mañana a la noche.

Después de esa primer entrevista en "Mac Fierro", almorzaron con el papá de Kevin, fueron a caminar por el centro, visitaron un gran shopping center, vieron una película y se rieron mucho en el parque de diversiones.

Goldi le había contado a su madre todo lo sucedido.

Llorando y abrazada a su cuello. escuchó sus consejos y se animó a volver a salir con Kevin, aunque fuera bajo la identidad de Flavia...

—Lástima no poder traerlo a casa. ¿no, mami? Se descubriría todo el pastel...

—¿Y por qué no decirle la verdad, Goldi? De acuerdo con lo que me contaste parece que Kevin te ha tomado una gran simpatía...

—Jamás de los jamases. Que siga creyendo que soy Flavia. El está deslumbrado por cómo es la Bertila que le escribe... pero no supone que es este tanque...

El atardecer de la partida del muchacho y su padre rumbo al aeroparque, Goldi y Kevin se despidieron en la confitería del Hotel Montana.

Goldi no podía casi disimular —ya— su angustia por la inminente separación, cuando la sorprendieron aquellas últimas palabras de Kevin:

—Maravillosa Flavia... Nunca pasé unos días tan hermosos como en tu compañía... Tu carácter, tus gustos, tu sentido del humor son tan parecidos a los de Bertila que —por momentos— me pareció estar con ella... Espero que no te moleste mi franqueza pero estoy medio confundido desde que te conocí. No sé... Pienso mucho en Bertila pero —para serte sincero— no la extrañé tanto como suponía... y pienso confesárselo. A tu lado me siento tan cómodo... que no me da vergüenza decirte que estoy triste por tener que irme. ¿Es mucho pedir que me anotes tu dirección, así puedo escribirte?

Increíble. A Kevin no le había importado su gordura. Si hasta sus palabras parecían teñidas de un sentimiento similar al de sus cartas...

—¿Y ahora qué hago? —pensaba Goldi, desconcertada.—¡Le tengo que dar el domicilio de Flavia! Y aquella me va a estrangular si empieza a recibir cartas dirigidas a ella... pero dedicadas a mí... ¡Y yo voy a tener que escribir como si fuera dos personas! ¡En qué lío me metí!

Sin embargo, no tuvo otra alternativa que aceptar la solicitud de Kevin. ¿Qué excusa podía inventar para negarse a darle la dirección que Kevin le pedía?

A partir de aquella tarde, Goldi comenzó a recibir cartas de Kevin por partida doble y —también por partida doble— a contestarle, como si fuera Flavia y Bertila.

Tuvo que rogarle a su prima para que accediera a pasar con su propia letra las respuestas que firmaba —obviamente— como Flavia. Lo más cómico del asunto fue que —casi sin advertirlo— Goldi escribía las más bellas cartas bajo el nombre de Flavia, mientras que disminuía el tono afectuoso cuando lo hacía como Bertila. No era para menos: Kevin también iba inclinando sus preferencias hacia quien él había conocido como Flavia y que —gordura aparte, en el olvido—

tanto espacio comenzaba a ocupar en sus pensamientos y en su corazón.

Por fin, el muchacho se atrevió a plantearle la pura verdad a Bertila: se había enamorado —perdidamente— de la supuesta Flavia y consideraba que ella debía de ser la primera en saberlo ya que gracias a ella el chico había conocido a "la maravillosa, adorable, preciosa, —¡única!— gordita de tu prima". Y le pedía perdón si la hacía sufrir pero ya no podía ocultar más ese sentimiento "que me hace flotar..." y "como es casi seguro que a fines de febrero viaje de nuevo a Buenos Aires con mi papá, es preciso que sepas todo."

Goldi estallaba de alegría, de emoción. Kevin la quería *a ella*, a ella tal como era, aunque todavía siguiera creyendo que se llamaba Flavia...

Cuando el avión trajo a Kevin nuevamente a Buenos Aires, Goldi —del brazo de su mamá y en compañía de su prima— lo esperaban en el aeroparque, dispuestas a aclarar el embrollo.

El reencuentro de los pequeños enamorados fue cinematográfico. No sólo debido al cariño que los chicos se manifestaron al volverse a encontrar, sino por los momentos que vivieron cuando Goldi se atrevió a revelarle quién era quién y por qué había pasado lo que había pasado.

El padre de Kevin fue el que más se rió, al escuchar la historia completa.

—¿Así que me hiciste creer que le escribía a *dos* chicas? ¡Insólita, Goldi, única!, ¡UNICA! —repetía el muchacho, asombrado.

—¡Es que mi gorda vale por dos! —dijo —de pronto— la mamá de Bertila Bassani, mientras la estrechaba en un cálido abrazo.

☆☆☆☆☆☆☆☆☆☆☆☆☆☆☆☆☆☆☆☆☆☆☆☆☆☆☆☆

Los desmaravilladores

Señores de la
Academia Nacional de Historia
de la República de Sudaquia
Presente

Ref.: CONCURSO INFANTIL
Y JUVENIL DE RELATOS HISTORICOS

Estimados Señores:

Me es grato dirigirme a Uds. a los efectos de presentar —para consideración del jurado del Concurso Literario— las tres copias de un relato de mi creación con el que deseo intervenir en este certamen por Ustedes convocado.

Asimismo, adjunto la planilla oficial que debe completar cada participante y en la cual hallarán los informes requeridos, más el sobre —cerrado y lacrado— en el que figuran mis datos personales, domicilio y teléfono.

Los saluda muy atentamente,

HUMO

ACADEMIA NACIONAL DE HISTORIA DE LA REPUBLICA DE SUDAQUIA

PLANILLA DE ADMISION PARA EL CONCURSO INFANTIL Y JUVENIL DE RELATOS HISTORICOS

TITULO DE LA OBRA: Los desmaravilladores
SEUDONIMO: Humo
CONCURSANTE Nº 109
GENERO: Cuento
CATEGORIA: C (autores de 13 a 16 años)

••

Los desmaravilladores
Seudónimo: Humo

••

Hasta que ingresé en el último grado de la escuela primaria, a mí no me gustaban para nada las clases de historia. A la mayoría de mis compañeros, tampoco.

Es que desde el primer grado al sexto —que acabábamos de cursar hacía unos meses— los maestros nos repetían —siempre— los mismos "libretos" en torno a los orígenes de nuestra patria. Ampliando los detalles —claro— pero sin referirnos hechos que despertaran mucho interés entre los chicos.

¿A qué criatura puede atraerle el relato —reiterado hasta el bostezo— de una suma de batalla tras batalla más batalla; la continua exposición de galerías de seres que parecieran haber sido figuras de bronce o enyesados; la memorización de una lista inacabable de fechas y fechas; el recitado de series de frases rimbombantes que —cosa extraña, ¿eh?— los próceres pronunciaban *justito* en el instante de la muerte...? En fin, que nos aburríamos a más no poder.

Por suerte, este panorama cambió en séptimo grado. Gracias a la maestra que estaba a cargo de nuestro grupo.

A ella —a la Señorita Nerina— le apasionaba la historia de nuestro país y nos contagiaba su entusiasmo.

Sabía exactamente *qué* transmitirnos y —sobre todo— *cómo*. Su clases se nos pasaban en un soplo.

Cuando concluía con la referencia de algún episodio del pasado, casi todos sus alumnos sentíamos algo similar a lo que se experimenta al terminar de deleitarse con una bella melodía. Nos quedábamos con ganas de más, de eso se trataba.

Ah, pero —acaso— lo fundamental: ella no se olvidaba de que aún éramos niños y que lo que había acaecido doce o quince años atrás también formaba parte de la historia. De una historia reciente para los adultos —por supuesto— pero ocurrida cuando no habíamos nacido y —por lo mismo— tan lejana como la que se reproduce en los manuales.

Por eso, embelesados la escuchábamos cuando la señorita destacaba sucesos de nuestra Sudaquia, de alrededor de los días en que éramos bebés o ni siquiera todavía, aunque faltara poquito para que aterrizáramos en este lugar del planeta.

En esas oportunidades, debíamos de actuar —después— como "pichones de periodistas" de nuestras familias y vecinos. Recogíamos y confrontábamos —entonces— sus testimonios, sus puntos de vista en torno de esa historia de la que —de algún modo— habían sido protagonistas y/o testigos y que —por lo mismo— permanecía muy presente en sus memorias.

O no. Porque —de tanto en tanto— comprobábamos —sorprendidos— que cierta gente era tan... tan olvidadiza...
(¿Habrían flotado entre las nubes, mientras aquí abajo se desarrollaban acontecimientos que conmovían a los demás sudacas?)

Recuerdo —muy especialmente y por motivos que más adelante se van a comprender— aquella tarde en que la señorita Nerina nos contó que... "A lo largo de su historia, los sudacas atravesamos épocas duras, difíciles, pero ninguna como la que tocó soportar a partir del momento en que una facción guerrera desalojó —con la prepotencia de las armas— al entonces presidente del país y ocupó su lugar. El mandatario depuesto había sido elegido en elecciones populares, mediante votación democrática... Eso pasó cuando la mayor parte de ustedes recién nacía o era muy pequeñito...

Otro bando, enemigo del ganador y violento como aquel que ya nombré, acababa de fracasar en el mismo intento de asaltar el poder, por lo que se quedó "con la sangre en el ojo", como se dice vulgarmente. Entonces, se juraron seguir combatiendo, con el objetivo de ubicarse ellos al frente de la casa de gobierno. Ninguno de los dos contrincantes tomó en cuenta —en absoluto— el deseo de paz que alentaba en los millones de habitantes de Sudaquia. El horror se instaló aquí tal cual si fuera su casa natal. No transcurría semana sin que se difundieran comunicados prohibiendo esto, aquello y lo de más allá también, o proclamas incitando al caos; sin que estallaran artefactos explosivos en cualquier parte; sin que se produjeran sangrientos enfrentamientos entre "los desmaravilladores"...

"Los desmaravilladores"... —un leve estremecimiento denunció la impresión que a la señorita Nerina le provocaba la evocación de esa palabra— "Los desmaravilladores"... —prosiguió— "De la sabiduría del pueblo surgió este vocablo, inventado para denominar a aquellos peligrosos guerreros de ambos bandos...

Sí, sí; aciertan al suponer que se usó el prefijo "des" para denotar la negación, la inversión del significado de la palabra original... Porque si bien eran sucesos extraordinarios los que sacudían nuestras tierras, ninguno digno de admiración, de estima, de alegría. Todo lo contrario..."

Aunque los alumnos conocíamos —de oídas y siquiera en fragmentos— estas peripecias sufridas en nuestra nación, el escucharlas recreadas a través de la cálida voz de la maestra les otorgaba matices diferentes, tan reales que —por momentos— nos considerábamos actores de las mismas.

Menos mal que ella nos aseguraba que "¡esas pesadillas nunca más!"

Sin embargo, habían sido demasiado espeluznantes como para que yo lograra archivarlas —así no más— en algún cajoncito de mi mente. Ciertas escenas se me imponían en los pensamientos sin intervención de mi voluntad, como retazos de sueños nocturnos.

Lo que más me impactaba de aquel relato de Nerina era el tema de los secuestros de personas, en ese período ya superado.

"Se producían en las calles —nos decía— en los lugares de trabajo, en trenes o colectivos, en los hogares...

En su obsesión por capturar a integrantes del otro bando, "los desmaravilladores" encaramados en el poder alucinaban y creían detectarlos en cualquier lado...

No averiguaban si —en realidad— se trataba de sus enemigos... Tantas veces se equivocaron...

Decenas, cientos, miles de personas fueron como evaporadas... Miles y miles de las que sus familias no volvieron a tener noticias ni —en muchísimos casos— a enterarse del porqué de sus desapariciones.

Como aspirados por una perfecta máquina de volatizar. Niños y bebés también."

¡Brrr! Una excelente novela de terror no me hubiera causado tanto miedo...

¡Esos hechos no eran producto de una obra de ficción! ¡Formaban parte de la historia de Sudaquia! ¿Cómo era posible que tal espanto se hubiera desatado aquí? ¡¿Cómo, Dios?!

Por aquellos días, sentí que ne-ce-si-ta-ba —nuevamente— hablar del asunto en mi casa, desatar ese nudo de angustia que me oprimía el pecho.

Era la primera vez que imaginaba que yo... Deseaba volver a compartir con mis padres —como de costumbre— esas fantasías con respecto a mi identidad, a veces disparatadas. Como —por citar algunas al azar— el suponerme enviada —a la manera de Superman— en una cápsula espacial y sola, desde un misterioso planeta que estaba a punto de desintegrarse... O pretenderme descendiente de una princesa egipcia errante, que algún día vendría en mi búsqueda...

Estas fantasías —normales durante la infancia, según opinan los psicólogos— lo eran más en la mía, ya que yo soy hija adoptiva.

Lo supe desde muy chiquitita.

Lo supe cuando no comprendía clara-

mente qué significaba serlo. Porque... ¿quién entiende a los dos, tres años que "no te formaste dentro de mi pancita sino en la de otra mujer, pero yo soy tu mamá..." y explicaciones por el estilo, de tan compleja interpretación?

Y aunque —con frecuencia— conversábamos acerca de este tema y yo tenía enorme curiosidad por saber quiénes habrían sido mis padres biológicos, esos siempre ausentes que me habían dado la vida, sentía —con toda la fuerza de los afectos— que *mis* padres —queridísimos— eran ellos, los que me habían adoptado. Como —también— que mi familia era la de ambos: adorables abuelos, tíos, primos y padrinos. *Mi* familia. Por los derechos del amor, mía. Como yo de ella.

—El destino te puso en el centro de nuestro tiempo y espacio, Valeria —solía decirme mi mami. —Los astros lo decidieron... —y su pasión por el zodíaco fortalecía nuestro vínculo.

Muy amada "hija astral" era yo —entonces— y ésa era la versión que más me abrigaba el alma en instantes de incertidumbre. Porque lo cierto: a pesar de que mi familia me había repetido —incontables veces— cómo había irrumpido yo en su existencia, la "verdad-verdadera" me producía una intensa sensación de desamparo y prefería pensar que —desde la eternidad— había sido destinada para ser la heredera de tan maravillosos padres como los que me adoptaron.

La "verdad-verdadera"... Qué dolorosa... Tan difícil de tolerar sin lágrimas en sus tramos finales...

—Somos un matrimonio estéril, nena; es decir, no podemos tener hijos de la sangre. Por eso, nos ilusionó la adopción. Hasta que nos anunciaron que estabas aguardándonos, fueron meses y meses de profunda ansiedad. Con decirte que tu padre volvió a roerse las uñas como un escolar... ¿Y las abuelas? Ya no sabían qué otra prenda tejerte, pero seguían compitiendo para ver cuál de las dos te preparaba el ajuar más deslumbrante... Los tíos compraban chiches como si estuvieran por abrir una juguetería... Tus padrinos optaban por ir formándote una bibliotequita, con los más hermosos libros infantiles... Tus primos mayores ayudaban a decorar tu cuarto... Ah... pero no creas que los abuelos se mantenían al margen... Uno —convencido de que ibas a ser varón—, te tomaba como excusa para poner a punto el tren eléctrico que perteneció a papá y con él se divertía los domingos. El otro —persuadido de que tendría una nueva nieta— se empecinó en reacondicionar algunas de mis muñecas de la niñez, hasta que lucieron como recién hechas...

—¿Y papi? ¿Solamente se comía las uñas?

—No, Valeria; él fue quien construyó la cuna de madera donde descansaste los primeros meses... y yo la que le pintó esas florcitas que bien te encargaste —después— de descascarar...

De corazón con lentejuelas escuchaba yo —en repetidas ocasiones— la naración de lo que había sentido mi familia durante la etapa previa a mi arribo a la casa. Pero qué huracán lo azotaba cuando oía que "abandonada nos dijo el juez de menores; que estabas en un orfanato y con escasas horas de vida. También nos dijo que había investigado —cuidadosamente— acerca de tu procedencia y de las razones por las que habrías ido a parar allí, a esa institución... pero... todo rastro perdido... ninguna pista que indicara de dónde y por qué... Entonces, decidió confiarte a nosotros. Figurábamos en lista de espera para adoptar una criatura, desde hacía tres o cuatro años... Y —por fin— se realizó el milagro de convertirnos en padres... el milagro de tenerte, hija. Ah, y nunca dudes de que si estuviera a nuestro alcance, pocas cosas tan valiosas querríamos regalarte como la revelación acerca de tu nacimiento... Lamentablemente, es un enigma también para nosotros... Un misterio que nos lastima porque te duele tanto, porque te abrió una herida que no sabemos cómo curar..."

Invariablemente, yo me arrojaba entre sus brazos y lloriqueaba en silencio durante este recuento final de la historia de mi origen, mientras mi mamá me estrechaba contra sí y entre su infinita ternura.

Cuando egresé de séptimo grado, salí

de vacaciones junto con mis compañeros.

Nos custodiaban la querida señorita Nerina, el profesor de Educación Física y la vice-directora de la escuela, experta en primeros auxilios.

Rumbo al norte de Sudaquia partimos.

A las dos provincias de esa zona que deseábamos recorrer, las habíamos escogido mediante votación porque la mayoría de los chicos jamás habíamos viajado hasta allá. Su gente y sus paisajes eran tan distintos de los de la capital...

Disfruté al máximo la aventura de las excursiones, me divertí muchísimo con mis amigos... y me re-enamoré de mi compañero Juan Cruz... quien tenía ¡puaj! los ojos y las expectativas puestos sobre la "plomaza" de Moniquita, esa presumida "imbancable".

A pesar de que extrañaba a mi familia, me entristecí los dos últimos días de estada por aquellos pagos norteños, al saber que el regreso era inminente.

En el transcurrir de la última tarde de vacaciones, fuimos a recorrer un centro comercial instalado en una plaza. Era una feria de artesanías de la región.

Yo caminaba de puesto en puesto —eligiendo obsequios para llevar a mi casa— cuando un ómnibus con turistas jovencitos como nosotros, se desplazó junto a la vereda que recorría.

No iba a demasiada velocidad y recién

dobló dos esquinas más allá de la plaza, debido a lo cual —si yo hubiese reaccionado a tiempo— habría podido alcanzarlo corriendo un poco. Pero me quedé tiesa después de haber visto aquel rostro, detrás de una de las ventanillas.

No había sido una alucinación.

Además, dispuse de los minutos necesarios como para acercarme al vehículo y solicitarle a su conductor que detuviera su marcha.

No pude.

La conmoción por ese singular descubrimiento me paralizó.

El asombro de haberme contemplado en un espejo de carne y hueso, de haber observado la carita de una nena de mi edad, idéntica a la mía —tan próxima, dentro del micro aquel— no me permitió otra actitud que la inmovilidad.

Perpleja me quedé.

Ni siquiera el color o las características de la carrocería del ómnibus —que por casualidad había transitado tan cercano a mí— estaba segura de evocar horas después cuando —algo repuesta de la sorpresa— quise compartir con el grupo y los maestros lo que me había pasado.

—Te habrá parecido, Valeria; una sugestión pasajera: hacía tanto calor... —me dijo la señorita Nerina. —No es raro toparse con personas que poseen rasgos y gestos que podrían ser los nuestros... Entre tantos millones de sudacas... tantos seres en la Tierra... ¿por qué no, alguien que se nos asemeje? ¿No oíste hablar de la teoría del doble?

"De acuerdo", pensaba yo, durante el rato posterior a sus explicaciones que giraron alrededor del tema del doble y que le dio pie para que nos improvisara algunos cuentos. "De acuerdo, seño..." ¡pero hoy yo *vi* a mi réplica; una chica igual a mí... y no fantasmática...! ¡De piel humana era; tan viva como yo!

Pronto renuncié a insistir con mi relato, resignada a las bromas de mis incrédulos compañeros.

Pisar las baldosas de la terminal de buses en la capital y abalanzarme sobre mis padres fue todo uno; tamaña era la inquietud por confiarles lo que había visto (*esa* nena), aparte de las anécdotas del viaje de egresados que —pronto— se desdibujaron en comparación con tal imagen.

Mi mamá y mi papá dejaron de sonreír en cuanto se las describí. Preocupados, aunque intentaran disimularlo.

A la mañana siguiente a mi retorno —tórrido domingo— mami fue a despertarme.

Me traía una bandeja con el desayuno y tenía los ojos irritados, como los de quien estuvo sollozando bastante.

Se lo dije.

Se sentó —entonces— junto a mi cama y en su mirada se le entremezclaban dulzura, pena y honda perturbación.

No sé cómo pudo sobreponerse —de llanto tan contenido— y hablarme.

—Hasta esta madrugada estuvimos charlando con tu papi, Valeria, a raíz de la visión que tuviste antes de ayer.

Como nosotros hicimos los trámites legales necesarios para adoptarte y en los tribunales nos dijeron que los documentos estaban en orden, nunca se nos ocurrió pensar —nunca— que podrían habernos ocultado algo o —incluso— mentirnos.

Y tal vez no lo hicieron, nena; estas palabras no son una acusación, por favor. Pero lo cierto es que anoche —por primera vez— empezó a crecer en los dos una tremenda duda. La señorita Nerina les contó en el invierno —como recordarás— los años de terror que vivimos los sudacas por culpa de los "desmaravilladores", con la secuela de desaparición de criaturas también. Bueno, tu papá y yo —como jamás antes, te repito— comenzamos a considerar... la posibilidad... de que... acaso... tengas hermanos... que seas... que seas... una de esas criaturas... Y rogamos a Dios para que no, pero... esta probabilidad nos agobia...

Imaginar que exista una familia de la que te arrebataron... Una familia desesperada, sin indicios para encontrarte, sin saber si estás ni dónde... No viviríamos en paz, con tal carga en la conciencia. Imperdonable sería no presentarnos frente a quienes —tal vez— puedan ayudarnos a revelar esta incógnita. ¿no te parece? Necesitamos consultarte, Valeria.

Yo dije que sí, que debíamos averiguar si era o no uno de los cientos de bebés raptados por uno de los grupos de "desmaravilladores"...

Fuimos —entonces— a una organización que se ocupaba de localizar a los pequeños sobrevivientes de aquella tragedia.

Poco después, mis padres me comunicaron que iban a llevarme a un hospital donde sería sometida a un rápido análisis de sangre, que no se extendería más que lo que durara mi "¡ay!" y listo.

En casa aumentaba la sospecha de que yo podía ser hija de una pareja secuestrada, después de un allanamiento que se había producido en su propio domicilio de la capital. Por las conversaciones que mi familia adoptiva había mantenido con la organización investigadora aumentaba.

Con ese análisis sanguíneo conseguiría tenerse la certeza.

Los días que transcurrieron entre ese estudio científico y el anuncio de sus resultados, los pasé con sentimientos contradictorios.

Por un lado, impostergable saber la

verdad pero —por otro— temía —vagamente— las consecuencias. ¿Y si me separaban de mi familia adoptiva, de mi perra Mimí, de mis gatos Facu y Chispita? ¿Si me obligaban a abandonar las paredes que me habían cobijado como mías? ¿Y mis helechos? ¿Y el din-don del reloj de la cocina? ¿Y las manchas de mis dedos sobre el empapelado del pasillo de entrada? ¿Y yo?

—No, querida; eso no va a suceder— me tranquilizaban papi y mami.—Tu vida está en manos de la justicia de Sudaquia, nada menos...

Sin embargo, mis temores se confirmaron.

Se determinó que yo era la hijita perdida de un joven matrimonio desaparecido en épocas de "los desmaravilladores"... Había visto la luz en un centro de detención clandestino, a semanas del día de desaparición de ambos.

El juez sentenció —entonces— que debía de vivir con los abuelos biológicos, los padres de la mamá de la que había nacido.

El encuentro con ellos y con el resto de los parientes legítimos —en una dependencia de tribunales sudaquianos— fue superemotivo, conmocionante.

Me envolvieron en abrazos y me taparon con besos húmedos y comentarios acerca de la vida que yo iba a llevar con ellos a partir de esas tres de la mañana, hora en que concluyeron las actividades de aquella jornada.

—¡No! ¡No quiero que me aparten de mis padres! —reclamé.

—Tus padres ya no están, tesoro; nosotros somos tu verdadera familia...

—¡Puedo visitarlos! ¡Ahora que los recuperé, quiero verlos a ustedes, claro que sí! ¡Pero no me arranquen de mi casa!

—*Tu* casa es *la nuestra*... Tus primos te esperan... Todo el barrio, Candela...

—¿Candela? ¡Qué Candela? ¡Mi nombre es Valeria! ¡Yo no soy Candela!

Inútiles fueron mis súplicas al juez, como las de mi mamá.

De repente, me arrastraron de su lado como un objeto preciadísimo, pero objeto al fin.

No me dieron permiso para mudarme más que con lo que llevaba puesto.

Sentí que —otra vez— volvía a perder a mis padres.

La rebelión por esta nueva injusticia que se cometía conmigo, me transformó en una niña huraña, agresiva, a la que su familia "de sangre" no sabía cómo complacer.

"¡Nosotros *no* robamos a Valeria; nosotros la adoptamos de buena fe! ¿Por qué nos tratan como a los delincuentes que se apropiaron de niños como botines de guerra?"

Estas palabras de mi papá —dichas en el amanecer de mi segunda expropiación— repiqueteaban en mi cuerpo hasta el temblor.

Mi historia se publicó en diarios, revistas y se propagó por televisión.

Fotografías y videos de los noticiosos se propalaron —entonces— por toda Sudaquia, difundiendo mi imagen. Ya no podía salir a la calle en calma, ante el acoso de periodistas, grabadores, cámaras filmadoras nacionales e internacionales.

Yo, desolada.

Sufría. Sufría. Tanto.

No me bastaba el amor que —con auténtica marca en el orillo de mi alma— me brindaban mis relaciones sanguíneas. ¿Acaso eran incapaces de entender que *no podía* quererlos de golpe, ni borrar mis pasados doce años y que ninguna partida de nacimiento iba a obrar mi conversión instantánea de Valeria en Candela?

¿Pero qué se creían los adultos, que yo era como el polvillo de una sopa deshidratada?

Dos cartas, dos frágiles sobres de papel que recibieron en mi antiguo y en mi nuevo domicilio, fueron un regalo de las estrellas.

Gracias a esa correspondencia, se modificó mi situación de aquellos días.

Los textos eran similares y —en síntesis— aquí va su transcripción:

(...) "Con estupor nos enteramos de la historia de Valeria/Candela.

Vimos sus retratos profusamente difundidos a través de todos los medios.

Somos los padres adoptivos de Magdalena desde la misma etapa en que —según las noticias, si son de fiar— también fue adoptada la otra niña.

Creemos que son gemelas, tal es el extraordinario parecido entre ellas.

Como verán en el matasellos del correo y en el encabezamiento de esta carta, estamos radicados muy lejos de la capital. Les escribimos para que sepan que nos ofrecemos a su entera disposición, a los efectos de confirmar si nuestras suposiciones tienen o no fundamento. Viajaremos hacia allí el próximo jueves doce.

Como actuamos con inocencia e ignorábamos que nuestra hija podía ser una de las bebas nacidas en cautiverio, tras la incalificable suerte corrida por sus progenitores a manos de "los desmaravilladores", les anticipamos que —bajo ningún concepto— aceptaremos que nos la quiten. No obstante, es natural que Magdalena debe tomar contacto con su familia biológica. Es más, ella misma no desea separarse de nosotros aunque quiere —a la par— reencontrarse con sus orígenes. Y desde que se enteró de la existencia de su probable hermanita, no hay modo de apaciguar su nerviosismo. ¡Muere por verla!

¿Por qué no agrandar la familia para las chicas —sumándonos todos— en vez de

privarlas del amor que brindan y del que son receptoras?

Durante una docena de años hemos sido sus padres y nadie impedirá que lo sigamos siendo.

La sentencia judicial —en el caso de Valeria/Candela— ha sido errónea y traumatizante. Así lo manifiesta —también— la casi totalidad de la opinión pública. No se han contemplado los sentimientos de la nena, su bienestar espiritual. Se procedió unilateralmente, desde una perspectiva exclusivamente adulta, que no sólo resulta lesiva para la pequeña sino también para su familia adoptiva, que no es responsable de las ''desmavarillas'' del pasado y que se ha visto despojada de su hija.

Nos alienta la reflexión generalizada en favor de la felicidad de las chicas, que si padecieron la malaventura de ser tratadas como trofeos guerreros en tiempos de sus nacimientos, no corresponde que disputemos —ahora— como si nosotros las considerásemos del mismo modo; el cielo nos libre.''

(...)

Magdalena y yo —Valeria— (¡resolvieron no cambiarnos los nombres, viva!) somos mellizas gemelas.

Ah, y era *ella* la chica a la que yo había visto durante mi excursión de egresados...

¡Doble viva!, ¡tengo una hermana!

Desde la noche en que nos colocaron frente a frente, fue como si lo hubiéramos sabido desde el principio...

Cada una vive con sus padres adoptivos, después de una serie de tramitaciones y —sobre todo— a raíz de la reconciliación de nuestra familia biológica con las adoptantes... pero... lo principal... ¡escucharon lo que las dos pensábamos!

Ay... Finalmente, optaron por la mejor solución: sumar en vez de restar...

¡Pero cómo costó!

Nos visitamos de continuo con mis "recién estrenados" abuelos, tíos y primos; los estoy conociendo y aprendiendo a querer como sé que merecen. También, cada día arrimo a mi corazón otro cachito de las vidas de mis perdidos mamá y papá y los empiezo a recuperar —en jirones— debido a lo que me cuentan de ellos...

Y moqueo sobre sus fotos y uso algunas de sus camisas y ojeo sus libros y —poco a poco— voy reconstruyendo el rompecabezas de mi propia historia. Con la transparencia que otorga el saber que no soy miga de "desmaravilladores".

Como Magdalena reside en una provincia distante de la capital, pasa un período de sus vacaciones de invierno y verano aquí, y yo también suelo viajar hasta su casa.

Paulatinamente, vamos curándonos. Dicen que se trata de no olvidar que todos fuimos víctimas. Nuestras familias dicen.

A pesar del padecimiento (¿y por qué no me iba a tocar a mí?) puedo... o —mejor dicho— podría afirmar que —ahora— me desplazo sobre un sendero casi desmalezado.

Magda también.

Atardece, pero no quiero —aún— encender la lámpara que se balancea sobre el escritorio de mi cuarto.

En la semi penumbra siguen rebotando tenues rayitos de sol.

Entre ellos, como peces azorados nadan mis ojos.

Si —por bendición— la gente grande leyera directamente en ellos, descifraría la historia que acabo de escribir sin necesidad de ninguna clave. Ni falta hubiera hecho escribirla.

Porque allí, en los arrabales de mi mirada podrían ver a la criatura que fui —acurrucada sobre el miedo— y también a la niña que soy, que crece.

Una niña a la que —tan trabajosamente— voy dando —de nuevo— a luz.

FIRMADO: Humo

CONCURSANTE Nº 109

✫✫✫✫✫✫✫✫✫✫✫✫✫✫✫✫✫✫✫✫✫✫✫✫✫✫✫✫✫✫✫✫✫✫✫✫

Salida

Hola y adiós

Por la cabeza empiezo —te lo juro—
y acabo por dos pies de cinco dedos;
también, que tengo nombre —eso es seguro—,
amores, gatos, luna, algunos miedos...

También puedo afirmar que me es muy duro
ser adulta, con tanta infancia a cuestas;
de mi loca inocencia no me curo:
a las niñas que fui las llevo puestas.

Y una de ellas —Te quiero— aquí te escribe
(su esperanza y su fe son invencibles
por tu presencia) y ahora te despide...
¡con un montón de besos irrompibles!

E.B.

¡Hasta luego!, ¡hasta siempre!

Buenos Aires - ARGENTINA, 1990

Esta quinta reimpre. de 7.000 ejemplares se terminó de imprimir en el mes de mayo de 1998 en Color Efe, Paso 192, Avellaneda, Provincia de Buenos Aires, República Argentina.